KB014185

선창은 언제나
나의 뭍이었다

제9회
제주4·3평화문학상
논픽션 수상작

선창은 언제나 나의 몫이었다

여성해방의 꿈을 꾼
제주4·3 여성운동가의 생애

양경인 지음

은행나무

일러두기

1. 제주어에 대한 표준어 풀이는 괄호 안에 넣어 표기했습니다.
2. 본문에 수록된 증언자분들에 관한 정보는 책 말미에 표기했습니다.

차례

들어가며 / 6

1부

김진언 제주4·3 여성운동가의 생애

1장 | 제주에서의 활동 / 15

2장 | 제주를 떠나다 / 64

3장 | 북한, 무계급사회의 계급 / 78

4장 | 다시 교도소에서 / 97

5장 | 제주로 돌아오다 / 131

2부

박선애·박순애 사회주의 여성운동가에서 통일운동가로 / 149

들어가며

이 글은 제주4·3 여성운동가의 구술 생애사와 같은 시기 활동한 두 여성운동가의 생애를 통해 해방 이후 사회주의 여성운동의 면모를 살펴보는 글이다. 동시에 가부장적 봉건제도 아래 살았던 여성들이 해방 후 새로운 세상에 대한 기대에 부풀어 자기 해방을 찾아가려고 했던 이야기이다.

제주4·3 여성운동가들 중 살아남아 그 시대를 증언할 수 있는 사람은 거의 없다. 살아계신 분들도 제주에 거주할 경우 끝까지 입을 열지 않았다. 여기 소개하는 김진언 할머니는 1949년 제주에서 체포되어 수감되었다가 한국전쟁 때 북으로 건너가게 되었다. 북한에서 활동을 이어나가다 남파되었고, 다시 체포되어 25년이나 옥살이를 해야 했다. 그 후 10년이 넘는 보호 감시가 잦아들고도 몇 년이 지난 뒤여서 그나마 인터뷰를 할 수 있었다. 하지만 증언을 녹음할 때 할머니는 "내가 죽으면 발표하라"는 부탁을 남겼다. 여기 등장하는 증언자들이 모두 고인이 된 지금, 그 이야기를 펴낸다.

필자는 1987년 여름부터 5년 동안 김진언 할머니의 증언을 채록했다. 처음 할머니를 찾아간 날, 싸리 빗자루 금이 선명한 마당 너머로 늠름한 체구를 가진 백발의 할머니가 앉아 있었고 뒤뜰에는 장작이 반듯한 정육면체로 쌓여 있었다. 티끌 하나 없던 마루에 앉은 할머니 첫인상은 '흰 범' 같았다. 표정이 굳어 있었다면 무서운 범의 형상이었을 테지만 잔잔히 웃는 모습이 민화 속 호랑이를 떠올리게 했다. 남자 일행들과 여럿이 갈 때도 있고 혼자 갈 때도 있었는데 가족사의 내밀한 부분은 만난 지 3년쯤 지나고 단둘이 깊은 이야기를 나눌 때가 돼서야 털어놓았다. 그즈음 할머니는 교도소에서 만난 지인 한 명을 소개해주었고, 그를 통해 서울 장기수 모임에서 유일한 여성 비전향 장기수 박선애 씨를 만나 할머니의 수형 생활을 들

1992년 여름, 북촌리 자택에서

을 수 있었다. 박선애 씨는 김진언 할머니에 대해 할 말이 없다고 만남을 수차례 고사했지만, 신혼여행을 구실 삼아 여행길에 방문하겠다고 하자 어렵게 승낙하였다. 막상 수유리 집으로 찾아갔을 때는 전라도식 약식과 식혜를 만들어놓고 반갑게 맞아주었다.

박선애 씨는 전북 임실군 여맹* 조직부에서 일했다. 그

* 남조선노동당(남로당) 외곽단체인 민주여성동맹의 약자.

는 서대문형무소에서 김진언 할머니에게 배움의 욕구를 채워준 인물로, 할머니에게는 영원한 스승이요, 바람직한 지도자 상으로 각인되어 있었다. 수유리 집에서 여맹 선전부에서 함께 활동했던 동생 박순애 씨와 갓 출감한 비전향 장기수 남편 윤희보 씨를 함께 만나 이야기를 들을 수 있었던 것도 행운이었다.

1990년 겨울, 네 식구가 사는 부엌 달린 작은 방 한 칸이 좁게 느껴지지 않았던 것은 그들에게서 나오는 따뜻한 기운 때문이었을 것이다. 박선애 씨는 인터뷰 내내 미소를 잃지 않았고 지난한 수형 생활을 거쳤음에도 특별한 원망이 없어 보였다. 오히려 통일에 대한 기대로 설레는 모습이었다. 인터뷰를 진행하면서 그 여유는 독립운동가 집안에서 태어나 양질의 교육을 받고 단단한 신념을 가질 수 있었던 가정환경에서 비롯된 것이 아닐까 생각하게 되었다. 박선애 씨와는 그 후 몇 차례 만남이 있었고, 나는 나대로 녹록지 않은 삶과 부대끼면서 세월이 흘렀다. 그러나 삶의 갈피에서 떠오르는 그날의 넉넉한 대접은 내가 받은 최고의 예우였고, 통일에 대한 사회 분위기가 냉각

될 때마다 마음의 빚으로 남아 있었다. 그 빚을 다소 갚고 싶은 마음으로 뒤늦게나마 이 글을 쓰게 되었다.

구술 채록을 정리하면서 김진언 할머니의 기억이 정확하지 않다는 걸 알게 되었다. 특히 숫자나 연도가 그러했다. 할머니의 회상은 일흔아홉에 시작했다는 한계가 있었고, 고문 후유증으로 기억이 일부 지워지기도 했다. 5년여의 만남 속에서 일부러 지운 것이 아니라 정말 기억을 못 한다는 것을 느낄 수 있었다. 채록을 마치고 말의 논리나 상황 이해가 부족한 부분을 감안하여 시기별로 다시 정리하는 과정을 거칠 수밖에 없었다. 반복되는 말을 대조하며 꼼꼼히 확인하려 했으나 내 능력을 넘어서서 확인할 수 없는 경우도 종종 있었다. 다만 할머니 생애에서 중요한 부분들은 놓치지 않으려 했다.

일부일처제 사회를 만들고 싶어 활동했다는 할머니의 말 속에는 항상 자랑스러움과 후회가 교차했다. 통일이 되면 시원하게 담배를 피워보겠노라고 하시면서도 당신 같이 전향한 사람은 모두 죽임을 당할 거라고 한숨을 쉬었다. 필자가 만난 김진언 할머니는 한글을 겨우 깨친 무학이지만 몸으로 시대를 밀고 나간 활동가였다.

할머니의 증언에서 존재할 수밖에 없던 한계는 박선애 자매와의 인터뷰로 보충하였다. 두 자매도 김진언 할머니처럼 미군정기에 여맹 조직에서 일했다. 박선애 자매를 통해 문맹퇴치, 평등사회에 대한 지향, 봉건적 억압으로부터의 여성해방 등을 목표로 세운 미군정기 여성운동이 통일운동과 맞물리면서 수렴되는 과정을 알 수 있었다. 두 분은 할머니와는 다르게 당신들의 활동에 대한 총체적 사고를 할 수 있는 여건에서 살아온 분들이었다.

이 글이 미군정기의 여성들이 어떻게 관습과 구제도로부터 벗어나 여성해방과 남녀평등의 삶을 실현하려고 노력했는지, 그리고 이것이 어느 시점부터 통일운동으로 전환되었는지 이해하는 데 도움이 되었으면 한다. 또한 제주4·3 때 여성해방과 조국통일을 위해 싸우다 시대의 희생자가 된 김진언 할머니를 비롯한 모든 여성들의 발자취를 이곳에 깊이 새긴다.

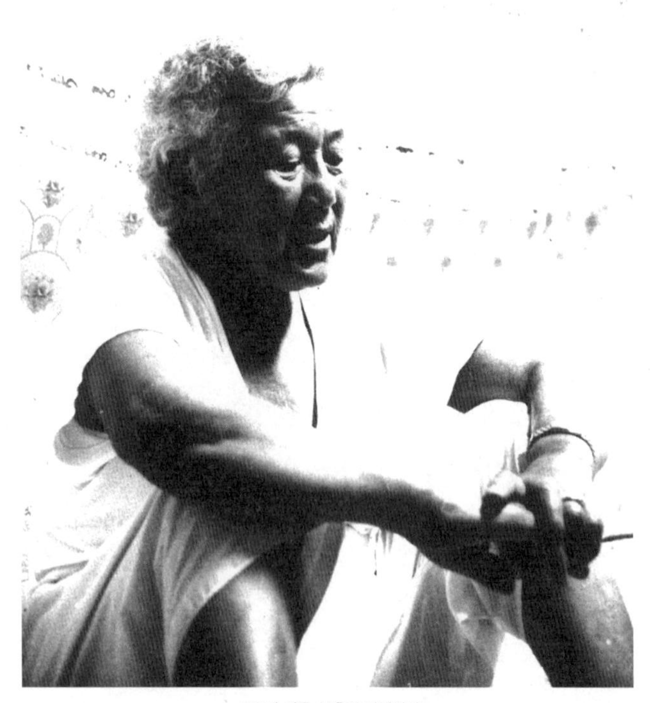

1992년 여름, 북촌리 자택에서

1부

김진언

제주4·3 여성운동가의 생애

1

제주에서의 활동

1946년 가을

죽어도 제주에는 다시 안 오려 했다. 그런데 1945년에 해방이 되고 나서 제주에 내려간 주인*이 나를 기어이 불러들였다. 그때 부산에서 지내고 있었는데, 열 명도 넘는 시집 식구 뒤치다꺼리로 몸은 고단했지만 딸 공부시키는 재미로 얼마든지 살 수 있을 것 같았다. 시부모님은 제주로 못 가게 나를 잡았는데 당신 아들을 이기지는 못했다.

* 김진언 할머니가 세 번째 남편을 부르는 호칭.

고향 제주에 내려왔을 때 제일 먼저 부병준* 소식을 물었다. 부병준은 '동문 밖 부자'라는 말을 듣던 우리 동네 최고 부잣집의 아들이었다. 독립운동을 하느라 마을에서 보였다 말았다 하던 사람이라 해방이 되니 그의 안부가 제일 궁금했다. 해방 후에 감옥에서 나와 고향에 잠깐 머물다가 자신의 활동 무대인 서울로 올라갔다고, 이달군은 그가 여운형파라고 했다. 이달군은 내 딸이 다니는 학교의 선생으로 심지가 무척 굳은 인물이었다.

> 부병준이 제주도에 있을 때 북촌 청년들을 조직하여 독서회를 꾸렸어요. 김완배, 이달군, 김완식, 조성환 등이 그 구성원이었죠. 그들은 나중에 4·3의 주역으로 활약했어요.

* 부병준(1906~1950 또는 1952.2.7.) 제주도 조천면 북촌리 출생. 열한 살 때 여섯 살 위의 한월계와 결혼한 후 화북사립보통학교를 졸업하고 서울 중앙고등보통학교를 3학년 때 중퇴했다. 휘문·배재·중앙학교에 사회주의 비밀 조직인 '야체이카'를 조직했다. 1926년 니혼대학 전문부 경제학과에 입학했고, 1929년 광주학생운동 때 동맹휴학을 주도하여 검거되었으나 예심 면소免訴로 풀려나자 귀향했다(김진언 씨와는 이때 만난 것으로 추정). 1934년 8월 치안유지법 위반으로 징역 1년 6월 형을 받고 옥살이를 한 뒤 일본 오사카에서 장사를 했었다. 해방 후 귀국하여 제주문화협회 재일 교포 연락 사무를 맡았다. 1982년 독립유공 대통령 표창과 1990년 8월 15일 건국훈장 애족장을 받았다.

이달군은 나보다 세 살쯤 많아서, 해방 당시 스물여덟 살 전후였을 거예요. 김녕보통학교를 다녔는데 4학년도 못 나왔을 겁니다. 제주도 차부의 조수**에 합격해 한때 조수로 일했고 경찰관 시험에도 합격했지만 가지는 않았죠. 머리가 좋고 주로 독학으로 공부했습니다. 키가 크고 인물도 좋았고요.

이석림

내가 부병준 씨를 만난 것은 1946년 초의 일이죠. 충무로 히라타 백화점 3층에 50~60평 규모의 제주문화협회가 있었어요. 지도해주시는 분을 만나러 갔다가 인사를 나누게 된 거죠. 부병준 씨는 일본으로 가게 되었다고 합디다. 해방 직후 재일귀한교포 연락 사무소 소장으로 있었어요. 나와는 열 살 이상 차이가 났고, 키가 170이 넘어 후리후리했죠. 인상이 대단히 침착하고 강해서 무서운 분이라고 느꼈어요. 부병준 씨는 1945년 12월 25일 즈음 추운 날 체포

** 운전수를 보조하던 역할로, 당시 신문에 합격자가 발표될 정도로 인기 있는 직종이었다.

되었어요. 적에게 잡혔는데도 그들이 조서를 꾸밀 엄두도 내지 못했습니다. 그때 벌금 20만 원이 나오고 감옥에 갇혔어요. 1만 원이면 집을 살 시절인데, 2만 9천 원만 내고 어떻게든 옥에서 나왔죠. 옥중에서 만날 때도 내게 묻는 것이 없었어요. 묻지 않는 것이 조직의 원칙이었으니까. 옥살이를 할 당시 신장비대증과 결핵으로 폐가 거의 망가진 상태였어요. 그때 제주 사람을 둘 만났는데, 한 분은 중키의 이 씨 성을 가진 회장이었고 다른 분이 부병준 씨였어요.

윤희보

부병준은 야학에 쓸 석유 기름을 구해주고 선생들 밥을 먹여가면서 우리를 공부시켜줬다. 야학을 처음 시작할 때는 방에 50여 명이 우글우글했다가 미역 조문*이 시작되면 처녀들이 하나둘 빠져나가기 시작했다. 나는 스무 살 전후에 몇 년 동안 그의 편지 심부름을 했다. 부병준이 광

* 해녀들이 일제히 미역을 채취하는 시기.

주에서 징역을 살다 나와서 활발히 활동할 때였다. 친구들과 망건을 짜고 있을 때 부병준이 뒷문으로 와서 살짝 불러 작은 쪽지를 돌돌 말아 종이에 싸서 주면 손수건에 감아쥐고 함덕의 김성근에게 전달했다. 그들은 나중에 다 징역살이로 제주를 떠났다.**

나는 아홉 살부터 소 물 먹이고 먹이 해오고 하루 종일 들판에서만 살았는데, 그 모습을 본 동네 어른들이 '들우송애기(들판에 종일 사는 송아지)'라고 불렀다. 할아버지는 야학 공부 일주일 만에 동네 어른 이름을 다 쓸 줄 안다고 돈 10원을 쥐여주시고, 남들은 우리 자매를 일완이, 삼완이, 사완이 하고 부르는데 나만 따로 '진언'이라는 이름을 지어주셨다. 치마만 둘렀지 여자가 아니라고 나를 공부시키라 했는데, 아버지는 언문만 깨치면 된다고 생각해서 내가 《춘향전》과 《옥루몽》을 읽게 되니 만족해버렸다. 6~7년 후에 청진에 물질을 갔다 돌아오니 부병준은 코가 다 문드러져 있었다. 고춧가루 고문을 많이 당해서 그렇다고 했다.

** 1934년 혁명적 노동조합운동(태평양노동조합사건)으로 구속 수감되었다.

제주에 내려온 뒤 이달군이 나에게 일을 맡긴 것은 딸 진희(가명)의 가을 운동회 날이었다. 나는 팥보리밥을 채롱*에 담고 조천 중학원** 다니는 남동생이 낚시로 잡아온 어른 팔뚝만치 살이 오른 갈치를 세 토막 쳐서 불치(재)에 굽고 우럭은 메주콩을 넣고 간장에 바싹 졸였다. 시루에 키운 콩나물을 무치고, 소금물에 재워둔 풋감을 한 소쿠리 꺼냈다. 솥에 찐 햇고구마는 삼베 행주에 싸서 구덕(대바구니) 한쪽에 뭉개지지 않게 놓고, 물김치도 양은 주전자에 담았다. 동네 어른들이 운동장으로 모여들면 내 점심 구덕에 눈을 주는 사람이 많을 테니 음식이 넉넉해야 했다.

딸은 가는 학교마다 칭찬과 기대를 받았다. 부산서 국민학교를 다닐 때는 어떤 어머니가 낳았는가 보고 싶다며 일본인 선생 두 명이 집에 찾아와 대접한 적도 있었다. 딸은 제주에서 국민학교를 다니다 3학년에 부산으로 갔지만 6학년까지는 못 다니고 돌아왔다. 내가 철철이 쌀도 보

* 껍질을 벗긴 싸릿개비나 조릿대 따위를 엮어 함 모양으로 만든 채그릇.

** 해방 후 자주교육운동의 일환으로 1946년 가을에 설립된 조천중학원은 진보적인 지식인과 마을 유지들에 의해 운영되었으나 1948년 5·10 선거 때 강제 폐교되었다.

내고 해산물 부식거리도 보냈지만 늘 배가 고팠다고 했다.

점심 구덕을 지고 운동장에 들어갈 때 딸보다 먼저 달려온 사람은 딸의 담임이었던 이달군 선생이었다.

"네 상***, 네 상은 키도 크고 인물이 훤해서 10리 밖에서도 척 알아지쿠다(알겠습니다)."

"점심 때 폭낭(팽나무) 아래로 오십서. 선생님 직시(몫)는 충분허우다."

"염치 불구허고 찾아가쿠다."

팔보리밥에 구운 갈치 한 점을 달게 먹기는 먹었지만 이달군 선생이 나를 반긴 것은 내 음식이 아니었다. 점심 구덕에 모여든 사람들이 흩어지자 선생은 나를 교실 뒤편으로 데려갔다.

"네 상, 잘 내려왔수다. 우리 부락 여성 일은 네 상이 맡아주셔야겟수다. 일을 결단력 있게 밀고 나가는 데는 네 상만 한 사람이 없수다."

북촌리는 박토여서 다들 바다에 의지해서 사는 삶이라

*** 姉さん. 언니, 누나, 누님을 높여 부르는 일본어 단어.

형편이 비슷했는데, 이달군네는 어릴 때부터 소문나게 가난하였다. 부모에게 장애가 있어 일하기가 어려워 자갈밭 한 뙈기도 없는 집이었다. 그는 반머슴을 살며 독학으로 선생님이 되었다. 언변도 좋고 체격도 튼튼해서 뭘 하든지 굽히지 않는 사람이다. 이달군 선생이 나를 믿는 것은 아무래도 북촌리 부녀회* 총무를 했던 처녀 적 이력 때문일 것이다.

내 청춘의 시간들

열세 살부터 시작한 물질. 아침에 배를 타러 테왁(해녀가 몸을 띄우기 위해 쓰는 뒤웅박)과 망사리**를 옆에 끼고 소중이(속옷) 바람으로 바닷가에 나갈 때, 선창은 언제나 나의 몫이었다. 마을에서 내가 장구 치고 노래할 때면 사람들은 앉은뱅이도 일어서 춤춘다고 했다.

* 1926년 조직되어 1935년에 해산된 해녀 단체.

** 해녀가 채취한 해산물을 담아두는 그물 주머니.

청춘에 할 일이 내 그리 없더냐

이야홍 야아홍 다 고를 말인가(다 말해 무얼 하겠는가)

우리가 요렇게 내 살다가

이야홍 야아홍 다 고를 말인가

시집만 가기를 좋아나 말아라

이야홍 야아홍 다 고를 말인가

귀양마련은 날 보낸 어머니(귀양살이하라고 시집보낸 어머니)

이야홍 야아홍 다 고를 말인가

그때 우리 부락에서 부녀회를 만들었는데, 조직이 셌다. 동네 여자가 죽으면 행상을 메어서 공동묘지까지는 못 가도 신작로 길 건너까지는 여자들이 다 옮겼다. 사촌고모님이 부인회 회장이고 우리 어머님은 부회장, 나는 총무를 맡았다. 어머니, 사촌고모, 내가 옆구리 딱 해서 나서기 시작하면 남자들이 아무 소리도 못했다. 고모님이 일하다 비위가 틀어져서 베구들동산에 가 "이 쫄장부 같은 놈들 다 나와라" 하면 남자들이 발발 떨며 맥을 못 추었다.

밤에 미역을 도둑맞을까 봐 우리 책임자들이 배를 타고

나가 지켰다. 그렇게 지켜도 저 동쪽 바다 어디에선가 헤엄쳐 와서 미역을 훔쳐 가곤 해서 다음 날 널어둔 미역을 조사하러 다녔다. 낮에 미역이 어디에 얼마나 있는지를 알아뒀다가 밤에 나가 지키려면 집안일은 못 한다.

우리 미역을 사가는 놈은 목포서 온 높은 놈인데 부락 친구를 각시로 얻어 제주에 살면서 일을 봤다. 저울눈을 늘이면 늘일수록 그놈이 이득이고 우리는 손해인데, 천주교를 믿는 그놈은 성당 갔다 온 날에는 저울을 괜찮게 뜨고 평소에는 길게 떴다. 그러면 우리도 구덕 메는 끈을 굵게 꼬아서 하루 종일 물에 담가놓아 무게를 불렸다. 책임은 참 중한 것이다. 사람 하나 챙기는 것도 책임이고 저울눈 감시하는 것도 책임이고. 우리는 해녀들이 조물아온(캐온) 전복과 고동이 몇 갠지 보면 얼마 나갈 것인지 훤하게 아는데, 그놈은 해녀들을 속여먹으려고 수작을 부렸다. 심지어 우리에게 저울 측량을 하는 곳에만 오지 말아달라고, 그러면 자기가 이익 나는 것을 어느 정도 갈라주겠다고도 했다. 내가 그 말을 들어주지 않자 자기 각시를 죽도록 때렸다. 그러면 그 친구가 "진언아, 너 왜 그러냐게. 좀 용서해라"고 애원하는 것이다. 그러면 나는 "삐쭉한 진진헌 얼굴광(삐죽하고 긴 얼굴하고는), 해녀들 것 먹어도 공정하게 먹지"라고 하며 실랑이를 벌이다 해결이 안 되면 어업 조합으로 갔다. 어업 조합에서는 그놈에게 그렇게 하라고 한 것은 아니라며 발뺌했다.

"우리가 갖느냐? 그 사람하고 싸워라."

"이 사람한테 그런 책임 자리를 주지 말아라."

"낙찰된 사람인데 어떻게 하느냐?"

대중 일을 하다 보면 사람은 너무 뭣해도 상대하기가 어렵고 중간 입장에서 중립을 지키기도 상당히 힘들다. 바다 물건을 가져오니 직영 판매와 공동 판매 중 골라야 하는 문제가 있어서, 직영 판매는 몇 푼 못 받고 공동 판매는 우리가 부르는 대로 받을 수 있으니 공동 판매로 하겠다고 또 싸웠다. 어업 조합과 싸우면 서로 돌멩이를 던져대고 난리가 났다. 그러면 관에서 소동이 커지지 못하게 금방 눌러 버렸다. 그때 우리 뒤에는 남자들이 있어 갈등이 일어나면 코치를 해주었다. 부녀회 활동을 5년 열심히 했는데 그 사람들이 징역 간 후에는 흐지부지되어 버렸다.

그러다 열여덟 살이 되자 신성회관에 있는 꽃가마를 타고 시집을 갔다. 신랑은 올레로 들어오는 나를 보면 부끄러워 시어머니 방으로 쏙 들어가버리고 밤에 변소도 혼자 못 가는 어린아이였다. 부녀회 활동은 흐지부지되고 남편은 이 모양이라 육지 물질을 떠나기로 마음먹었다.

> 우리는 일본에서 공장을 다니며 한 달 50전씩, 노동판의 피나는 돈을 회비로 모아 신성회관을 건립하고 가마나 상여 악기를 고향으로 보냈어. 신성회 공동묘지 부지로 땅 3천 평도 구입했고. 신성회의 슬로건은 '고향을 발전시킨다. 민지(民智)를 발전시킨다'였어. 나는 신성회 악단에서 나팔수를 했었고, 30대 이상으로 구성된 악단은 조천까지 원정을 가기도 했으니 대단했지.
>
> **윤상목**

육지 물질을 강원도에서 시작해서 블라디보스토크까지 갔다. 친정아버지가 청진에 정어리 잡을 때 따라갔는데, 제주 북촌에서 청진까지 가는 데 5일 정도 걸렸다. 동해안

바다를 다 지나가서 통천에 가기 전만 해도 적어도 두 번, 물도 실어야 하니 보통 네 번은 쉬어야 했다. 청진에 도착해서 몇십 명이 누울 수 있는 큰 방이 있는 집을 빌려 일을 했고, 정어리 기름 짜는 큰 건물이 따로 있었다. 뭍으로 올라온 정어리 그물에는 고기들이 코에 들어가 다닥다닥 붙어 있었다. 청진 사람들이 나와서 그물을 건져 그물코에서 정어리를 빼냈고, 가마에 삶는 등의 일은 우리가 했다. 그때 마른 명태 같은 놈은 절대 안 먹겠다고 생각했다. 펼쳐 놓을 데가 없으면 나무에다가 명태를 쟁이듯 널어놓아 벌레가 와글와글했다. 제주 사람들은 순전히 정어리 일만 했다. 90톤짜리 배로 정어리 공장을 오갔다.

3월이나 4월에 제주에서 나가 대개 10월, 늦으면 동짓날쯤 들어왔다. 정어리잡이도 재수가 있어야 했다. 한 해는 가서 벌고 한 해는 가서 허탕치곤 했다. 고기는 따뜻한 물줄을 따라서 가버린다고 하는데, 정어리가 어느 물줄을 따라갔는지 알 길이 없었다. 거기서 석 달 공부하며 나침판 읽는 법 등을 배워 배를 부리기도 했는데, 3년 후에 정어리가 사라져버려 그 일도 그만두었다. 그 후 동경 물질을 나갔다. 대두 한 말들이 나무통에 성게를 채우면 그때 돈으로 700원이었는데, 이건 무지무지 비싼 거다. 사촌 언니하고 나하고 동경 '나가리'라는 델 가서 성게를 많이 잡았다. 아버지 배에서 듬북(뜸부기) 물질을 하면서 아버지네 하는 대로 듬북도 팔고 감태도 팔고 구쟁기(소라)도 조물아서(잡아서) 눌러두었다가 같이 팔아주고 했으니 사실은 아버지가 성공시켜준 거였다.

당원이 되다

1946년 가을, 나는 이달군과 김완배*의 보증으로 당원이 되었다. 이때는 조선공산당 소속이었다. 여운형 선생 때는 남북통일에 대한 말이 먼저 나왔고 정치·경제·사회·문화적으로 여자도 남자와 같은 대열에 있어서 여자가 대통령도 될 수 있다는 여자평등권을 말했다. 그러나 땅을 준다는 말은 없었다. 여운형 선생을 중심으로 한다는 말이 나오다

* 제주도 조천면 북촌리 청년동맹위원장, 초대 북촌리 세포위원장. '세포위원장'은 최말단 조직의 위원장을 가리키는 말이다.

가 당원 선출을 하더니 박헌영 선생이 나왔다. 그때부터 공산주의 사회니 사회주의 사회니, 계급사회에서 무계급사회로 간다느니, 공짜 땅을 준다느니 하는 말들이 나왔다.**

바닷가 바로 앞 우리 집은 '갯가바위 집'으로 통했다. 물질로 번 돈으로 스물여덟에 장만한 집이다. 마을과 좀 떨어져 있고 울담이 둘러 있어 아지트로 안성맞춤이었다. 김완배가 조천면당으로 옮긴 뒤 세포위원장이 된 주인은 본부인과 자식이 동네에 살고 있는데도 내 집에서만 지냈다. 당의 간부들이 들락거리고 마을 여성들을 모아 사상교육도 시켰다. 토지가 적거나 토지를 가지지 못한 농민에게도 땅을 똑같이 분배한다고, 그런 이야기를 했다. 우리 집은 당의 공개 아지트가 되어 수시로 회의가 열렸고 사람들로 북적였다. 하지만 당원들은 우리 집에 와서 방

** 1946년 3월 5일 북한에서 무상몰수와 무상분배를 내세운 토지개혁이 있었다. 그러나 무상몰수는 행해졌지만 무상분배가 아닌 소유권(매매권, 소작권, 저당권)이 없는 경작권의 분배가 이루어졌고, 소작료 대신 현물세라는 이름으로 수확량의 25%를 국가에 내야 했다. 그러다 한국전쟁 이후에는 집단농장체제로 국가에 귀속되었다. 한편 남한의 토지개혁은 유상분배와 유상몰수를 내세워 연간 수확량의 30%를 5년간 지주에게 내고 농지 소유권을 받는 방식이었는데, 이 또한 한국전쟁으로 원활히 시행되지 못했다.

에 틀어박혀 회의를 했고 식사도 상방에 차려두면 알아서 먹으니 우리는 그들이 누군지도 몰랐다. 그 사람들이 오고갈 때는 얼굴이 마주치지 않도록 피해 있어야 했다.

1946년도 말에는 남조선노동당(남로당) 당원배가운동이 한창이라 집 마당에 멍석을 깔고 교자상을 펼쳐 당원 가입서를 작성했고 부엌에서는 종일 밥을 해 날랐다. 큰 양푼에 설설 푼 좁쌀 섞은 보리밥을 가운데 놓고 묵은 자리젓에 배추나물이나 늙은 호박을 삶아 간장에 깨를 솔솔 뿌려 숟가락을 대여섯 개 걸쳐놓으면 사람들이 모여들었다. 육지에서 온 오르그*가 밥 먹는 풍경을 보며 말했다.

"공산주의는 능력이 안 되는 사람도 공평하게 나눠 먹자는 것인데 양푼에 밥을 자기 양만큼씩 먹으니 제주도는 이미 공산주의가 됐습니다."

이때까지 남로당은 합법 정당이었다. 두 명이 서로 보증을 서면서 당원 가입이 한창일 때는 마을 사람 전체가 몰려든 것 같았다. 당 활동이 불법이 되기 전까지 북촌리

* 상부단체에서 내려오는 지도원.

는 중산간 마을, 와흘, 선흘까지 합쳐 해방구 마을이었다.

"우리 부락은 토지가 박해서 다른 부락에 비해 소출이 3분의 1인데 나라에서 차등으로 세금을 멕여줘야지!"

누군가 이런 의견을 내놓으면 다들 "그렇지!" 하고 호응했다. 나는 당 활동을 하면서 바다에 물질도 가야지, 밥해서 산으로 올려줘야지, 누구를 따로 볼 시간이 없었다. 간부들과 심부름하는 아이들까지 밥을 해먹여야 하는 것은 나의 의무였다.**

1946년도 겨울, 재정사업으로 우리 부락에서는 모자반을 채취해서 팔기로 했다. 그때는 여맹 조직이 아니고 해녀조합이었다. 책임자였던 그 성님***은 남편이 고깃배를 탔다가 풍랑에 휩쓸린 사십 대 홀어멍(홀어머니)이었다. 한 번 한다면 적극적으로 하고 안 하겠다면 누가 뭐라 해도 안 하

** 여성해방은 계급·민족해방을 위해 실현되지 않으면 안 되었고, 계급·민족해방은 여성해방을 하루라도 앞당기기 위한 객관적 조건으로 이해되었다. 따라서 정치 활동에 나온 여성들에게는 성·계급·민족적인 이해가 얽혀 있었고, 이러한 이해관계로 여맹에 가입하여 활동하였다. (최기자, 「여성주의 역사쓰기를 위한 여성 '빨치산' 구술 생애사 연구」, 한양대 석사논문, 2001, 40쪽 참조)

*** 제주에서 친언니나 아는 언니를 통칭하며 부르는 호칭. 여기서의 '성님'은 김완배의 형수다.

는 성격의, '땅에서는 기어 다니고 바다에서는 날아다닌다'는 상군 해녀*였다. 시아주방(손아래 시동생을 부르는 호칭) 때문에 더 열심히 했을 것이다. 그해 선달, 성님은 감기 걸린 몸으로 바다에 나가 모자반도 채취하고 당 심부름도 하고 당신 가사일도 해야만 했다. 결국 감기가 씌어서 얼굴이고 어디고 할 것 없이 새카맣게 되어 열병으로 죽었다. 그때 나는 당 사업에 열중하느라 그 성님을 책임질 수가 없어 무리하는 대로 내버려둘 수밖에 없었다.

그 성님 집안이 궂으려 그랬는가. 염을 할 때 머리를 곱게 빗어서 낭자머리를 했다. 머리끝에 빗질을 하는데 가랑니가 성님 위에 막 올라오는 것이었다. 게다가 시체가 손만 대면 지남철이 있는 것처럼 착착 달라붙어 속으로만 '이상하다, 이상하다' 했다. 일을 마친 친정아버지가 "이 집에 큰일이 났다. 모두 된장으로 손 깨끗이 씻어라. 죽은 시체는 뻣뻣해야 하는데 산 사람보다 더 부드럽게 착착 달라붙고 머리에 이가 많으니 좋은 상태가 아니다"라고

* 해녀들은 물질 능력에 따라 하군, 중군, 상군으로 나뉘었다. 그중 상군 해녀들이 나머지 해녀들을 지도한다.

했는데, 그 집안은 4·3 때 거의 멸족되었다.

1946년 겨울까지 우리 집에는 많은 활동가들이 드나들었다. 강규찬, 김달삼, 조몽구**…… 그중 제주도당위원장이던 조몽구는 근신하게는 생겼지만 얼굴이 동글납작하니 키도 보통이고 몸 너비가 넓어 마차꾼 같았다. 우리 여맹원들과 같이 솥단지 아래서 불 때면서 고구마와 무로 엿 만드는 법을 가르쳐줬다. 조몽구는 사람들과 잘 어울리고 우스갯소리도 잘하는 사람이었다. 그렇게 1946년 겨울이 가고, 북촌리 여맹 사업은 후임을 찾지 못해 내가 들어가 병행하게 되었다.

조몽구 씨는 제가 1964년 9월 구속된 후 3심을 기다릴 때 봤는데, 그는 1년 2개월 형을 받았으니 1966년도에 출감했을 가능성이 높습니다. 부산 구덕산 밑에 있는 부산교도소에 있었습니다. 일본에 사는 조카가 보내준 자금으로 부

** 조몽구(1908-1973) 표선면 성읍리에서 태어나 정의공립보통학교를 나오고 경성제일고보를 중퇴했다. 일본에서 노동운동을 하다 귀향하여 남로당 제주도당 부위원장 역임했다.

산 서구 괴정, 이국인수용소가 있던 자리에서 양계를 했는데 교도소에서 만난 소년 잡범을 믿고 일을 맡겼어요. 그 소년이 일본에서 조몽구에게 돈을 보낸 사람이 조총련계라 모함하여 다시 들어갔어요. 4·3 사건 후에는 부산에서 아는 사람의 밀고로 다시 구속되고 10년을 받았어요. 형이 너무 적다고 생각했는데, 알고 보니 검사가 일본 제일고보 후배여서 형이 약했던 겁니다. 4학년 때 동맹휴학 건으로 졸업은 못했고 대판노동운동*에 참가했지요. 일제하부터 노동운동을 했고 조선노동당·남로당·4·3까지는 실질적인 책임 자리에 있었습니다. 머리는 천재였다고 합니다.
군 출신이 아닌 사람은 4·3 때 무장투쟁을 대강 반대했는데, 그도 마찬가지였습니다. 성격상의 이유도 있을 겁니다. 그는 두 번이나 전향을 했는데, 그의 위치로 봐서 그의 전향은 비판받아야 한다고 생각합니다.

이석립

* 많은 제주도 활동가들이 대판大阪(오사카)으로 건너가 항일운동·노동운동·학생운동 등에 활발하게 참여하였다.

바닷가 붙은 마을에는 가난한 사람이 주로 살았다. 신촌 마을 바닷가 근처에는 풍랑에 남편을 잃은 여자들이 모여 사는 마을도 있었다. 우리가 마을로 들어서면 그런 집에서는 집을 통째로 내주었다.

나를 여맹 활동으로 적극 끌어당긴 사람은 육촌동생 김진선**이다. 진선이가 먼저 일을 했기 때문에 진선이가 앞장서고 집집마다 방문했는데, 여자들이 많이 모이는 곳으로는 장터가 최고였다. 그때는 우리들 세상이었다. 진선은 태도나 마음이나 흠잡을 데가 없었고, 대중 연설을 잘했다. 진선이 연설을 한 번이라도 들은 사람은 남녀를 불문하고 아니 반할 도리가 없을 것이다. 표준말로 또박또박 조리 있게 말해서 호응 안 하는 사람이 없었다.

> 사람들을 한 명 한 명 만나서 설득시키지 않으면 어떻게 해야 할지를 몰라요. 대중 연설을 하면 “왜 우리가 여성으

** 1946년 1월 남로당 전남도당부 제주도위원회가 결성되고 부녀부에 이정숙, 고진희, 김진선 등의 인물들이 활동하기 시작했다. (「부녀동맹 간부는 독립운동가 출신」, 김관후-〈제주의 소리〉 2015년 8월 15일 게재 참조.)

로서, 무엇 때문에 정치사업에 뛰어들어야 하냐, 여성이 무어를 안다고 정치를 하느냐"라고 반박하죠. 특히 결혼한 여자들은 안 할라 그래요. 남자들이나 하지 우리가 여맹에 들어가서 무어를 할 거냐, 여자가 뭘 안다고 허냐, 살림하기도 바빠 죽겠는데 난 안 한다고. 또 남성들한테도 가야 돼요. 여성사업이 여성하고만 해서는 안 되는 거예요. "당신네들 어머니나 부인은 어째서 당신네들이 교양(교육)을 못 해주는가. 왜 안 나오는가. 지금 나와서 일을 허게 해라. 딴 사람들은 다 와서 땀 흘리고 있는데 당신네 부인은 집에서 밥이나 해먹으면 되겠냐." 당 회의도 가서 야단도 쳐야 되고 민청에도 가야 하고 여기저기 다니며 협조를 받아야 하니 여성사업은 여성만 가지고는 절대 안 됐어요.

박순애

진선이는 오빠도 조천면에서 활동했고 집안도 잘 살았다. 진선이도 부모들이 조혼시켜 시집을 갔는데 나처럼 시집을 안 살고 나와버렸다. 왜 그때 부모들은 그런 결혼을 시켰는지. 일 부려먹으려고 그런 건가 하는 생각밖에 안 든다.

시절이 좋았을 때는 내가 일본서 맞춘 구두를 보고 저 달라며 반쯤 뺏어가기도 했다. 난 언제나 진선의 밑에 있어야 했다. 나의 배움은 야학 일주일이 전부여서, 진선이 아니면 당에서 온 한자가 섞인 방침들을 읽어나갈 수가 없었다. '내 실천 능력이 아무리 좋아도 평생 남의 밑에서 시키는 일이나 할 수밖에 없구나' 하고 가슴이 답답할 때도 있었다. 당에서 보낸 서류를 받아야 할 때는 연락책이 대신 읽어줘야 했다. 해녀조합 총무를 할 때만 해도 저울눈 볼 줄 아는 사람도 몇 명 안 돼 내 위에 사람이 거의 없는 줄 알았다.

그즈음 불쑥불쑥 들이닥치는 경찰을 피해 북촌리 청년들은 산으로 다른 마을로 도망다니기 시작했다. 빗개*는 보통 남자아이를 시키는데 딸이 워낙 영특해서 그 일을 맡았다. 선장을 했던 주인이 배의 신호를 가르쳤다. 그때는 배의 신호를 무전이 아닌 손으로 할 때라 조그마한 손수건 하나로 신호를 보냈다. 섯동네는 '벳구들동산', 동쪽은 '꿩동산', 중간마을은 '칠머리동산'에 빗개가 있었다. 검은개**

* 마을로 들어오는 경찰이나 군인을 망보는 아이를 가리키는 말이었다.

** 경찰을 가리키는 은어.

가 마을로 들어오면 아지트에 신호를 보내는 일은 여자들이 했다. 우리 부락같이 열심히 한 곳은 없는 것 같다.

1947년의 변화들

1947년도 중반부터 여맹은 밥 먹을 시간도 없었다. 그때 부락에 이름이 알려진 사람은 모두 산에 살고 밥은 신작로를 타고 올라간 중턱에서 먹을 때였다. 여자들 열 명이 식사 당번을 맡았고 그중에 나도 있었다. 3·1사건*으로 징역 갔다 가을에 돌아온 이달군 선생은 나만 보면 "아이고 네 상, 큰일 났수다. 밥이 어찌나 맛있는지 밥만 먹어졈수다(먹게 됩니다)" 하며 몇 달 만에 붓는 몸처럼 살쪄버렸으니 밥을 맛없게 해달라 주문했고, 나는 "그럼 어떻게 할까, 밥에 소금이라도 뿌릴까?" 하며 웃었다.

* 1947년 3·1절 기념 행사를 치른 후 제주도민들은 반미와 자주의 구호를 내세우며 시위를 전개하였다. 미군이 이를 폭력적으로 진압하는 과정에서 어린아이가 말발굽에 치여 시위가 격화되었고, 경찰이 시위대에게 총을 발포하여 여섯 명이 사망하고 여러 명이 중상을 입었다.

3·1 사건으로 수배된 북촌리 청년위원장 김완배의 집에서 31명의 참가자 명단이 경찰 손에 넘어가서 피해 다녔어요. 이달군은 47년도에 한 번 잡혀 공백기가 있었고, 북촌리당에서 조천면당으로 옮겨 갔죠. 4·3 이후, 그러니까 1948년 말에 조천면당 위원장을 했습니다. 이달군이나 조천면당에서 제주도당으로 간 김완배는 북촌을 벗어나서 활동했기 때문에 북촌에서 대중적 영향력은 거의 없었어요.

이석림

나는 주인이 수배되고 현상금 30만 원**이 붙어서 다른 여맹원들보다 일찍 산에 들어갔다. 주인은 일본서부터 사회주의자 노릇을 해서 순사들이 수시로 들락날락하고 책도 몇 번을 가져갔는지 모른다. 4·3 때는 경찰이나 군인이 집을 수색해 본인이 없으면 가족을 대신 잡아가 죽이기까지 했는데, 집에 와서 방을 더듬으며 무슨 문건 있으면 가져가도 우리 가족한테는 말도 안 허고 손도 안 대는 것은

** 김진언 할머니의 증언에는 종종 숫자에 착오가 있었다. 당시 만 원이면 집을 살 수 있었으니 3만 원으로 짐작된다.

고마웠다. 그때 사회주의 사상을 가진 사람들 머리가 유명했다. 요새 학생들이 단발한 모양이었다. 일본 사상가들 중 그 머리를 한 놈은 다 사회주의 사상가였다.

내가 조천면 여맹으로 가게 된 것은 1947년 봄이다. 여맹 조직은 동네별로 있는 게 아니고 면 단위로 묶여 조천에 본부가 있었다. 여맹 본부는 1947년도 3월부터 8월까지는 조천리에 있다가 8월 중순부터 한 달쯤 신촌으로 옮겼다. 처음엔 김동완이 여맹 위원장이었다. 나보다 대여섯 살 위니 당시 마흔이 넘었는데, 그이는 산에 가기 전에 무슨 까닭인지 그만두었다.

봄부터 여름까지는 남로당이 탄압을 받아 불법으로 조직했는데 이때 김옥희*가 들어왔다. 그이가 조천면 여맹 위원장, 나는 부위원장을 했다. 그 당시 활동한 여자들은 다 홀어멍이고 나 혼자 서방 있는 사람이었다.**

동완 언니는 리장 김순용 씨의 딸입니다. 작은아버지가 사설 학교 보명사숙을 세워 부인들 가르쳤던 김순탁 씨죠. 삼양에 시집가서 몇 달 못 살고 나와 바느질로 조용히 살았는데, 한복 중에서도 께끼옷과 모시옷을 잘 지어서 유명했어요. 얼굴은 아구작박(주걱턱) 비스름해도 점잖고 속이 깊었어요. 위험해졌을 때 산으로 피신해서 조천리 양대못 근처에 있는 육지로 피신한 사람의 빈집에 살고 있었는데, 내가 찾아가자 "할 수 없다, 나하고 같이 있다가 죽든지 하자"고 자수운동 때 같이 내려왔어요. 조천지서까지 걸어오니 같이 활동했던 여성들이 민보단원***이 되어 "이 폭도년" 하며 달려들었어요. 경찰에 잘 보이려고 더 열렬하게. 언니는 "게무로사(아무려면), 너희들이 날 찔러죽일 수 있겠느냐"라고 당당히 맞섰지만 민보단원의 대창에 몸이 갈가리 찢겨 죽었어요. 이때 못 찌른 처녀는 구토를 해서

* 당시 조천면장 김시범(1890-1948)의 딸이다. 김시범은 3·1운동 독립유공자로 건국훈장 애족장을 추서받았다. 제주에서는 지역 유지나 독립운동가의 딸이 활동에 나서는 경우가 많았고, 이외에는 이혼을 했거나 홀로 된 여성이 대부분이었다. 조천면 여성 활동가 중에는 상대적으로 유지나 독립운동가 자녀가 많았다.

** 당시 13개 면의 여맹위원장은 최소 보통학교를 마친 여성이었고, 부위원장은 주로 대중적 신망과 품성이 뛰어난 여성이 맡았다. 여성 활동가의 경우 남편을 잃었거나 남편이 활동가였는데, 활동하게 된 계기는 일부일처제 실시, 남녀차별 해소 등 봉건적 여성 억압에 대한 저항에서 비롯된 경우가 많았다. (이승희, 「한국여성운동사 연구」, 이화여대 박사논문, 1990, 163쪽 참조.)

*** 1948년 남한에서 실시된 5·10 총선거 때 경찰의 지원 조직으로 결성된 단체. 기부를 강요하거나 테러를 저지르는 등 갖은 횡포를 부렸다.

다른 단원들이 한통속이라며 쏘아 죽였고, 언니를 찌른 처녀는 나중에 동네에 남지 못하고 마을을 떠났어요.

백옥남

활동이 점점 어려워져 여맹 본부도 산으로 올라가게 되었다. 가을에 여맹은 신촌에서 눌미마을(와산)로 갔다. 논흘까지 갈 때는 부위원장 두 명이 자기 부락과 조천하고 신촌을 나누어 맡았는데 산간 부락은 모두가 함께 관리했다. 나는 주로 북촌을 맡았었는데 와산에서는 논흘과 선흘을 맡게 되었다. 조천 장날에 내려오면 저녁에는 부락을 한바탕 돌아다니며 여성선진사업을 위해 여자들을 만났다. 그러다가 점점 장날에 내려오는 것도 위험해져서 6일과 12일 여는 조천 오일장 날 내려와 보급관계, 재정관계, 여성동태 일을 맡은 사람들이 각자 알아서 활동했다.

1947년도 여성선진사업을 할 때 우리 실정에 맞게, 못 알아듣는 얘기가 없게 하는 것이 목표였어요. 북의 토지혁명도 직접 얘기하는 것이 아니라 이곳 실정에 맞게 얘기하는 거예요. 주변 사람들은 생활개혁부터 했고요. 그때는 여성 해방을 이혼하고 가정을 뛰쳐나가는 것으로 해석하는 사람들이 많았어요. '여자는 여자인데 해방되면 뭘 할 거냐' 이런 식으로 여성해방이라는 말을 거부하려고도 했고요. 그래서 '해방' 같은 말보다 '인간으로서' 알아야 한다, 우리가 힘없고 몰랐을 때는 일본 놈들이 우리를 넘보았다는 식으로 쉽게 쉽게. 한석봉 어머니의 비유를 들거나 상대의 하소연을 많이 들어줘야 해요. 그 사람 이야기를 들으면서 무엇을 원하는지 알아야 하니까 시간이 많이 걸리죠. 위에서 제대로 교양을 받아서 했다기보다 사실 알아서 하다시피 했어요. 나는 6·25 때까지 활동했어요.

박순애

1947년 겨울이 되니 마을에서 우리가 내려오는 걸 내놓고 싫어하는 것을 느낄 수 있었다. 그렇게 반기던 사람들이 점점 우리가 하는 말을 들어주질 않았다. 특히 조천리는 인텔리 지식인이 많은 동네인데 영 단결이 되지 않았다. 원래부터 반소시민적인 곳은 '나 하나 안 가도, 나 하나 늦어도……' 이런 식으로 8시에 모이라 하면 9시나 되어야 다 모였다. 그래도 우리 조천 사람들은 나오라고 하면 밥 먹다가도 수저를 던져두고 나왔다.

내 언니는 조천에서 야학을 다니다 일본에서 공부를 마쳤는데, 애국심이 대단했고 집안에서는 부모도 절대 일본말을 못 쓰게 했어. 언니는 조천만세운동에도 참가한 분이야. 일본에서 애월 남자하고 결혼했는데, 독립심이 대단했어. 언니에게 언젠가는 독립이 될 터인데 그때까지 말도 모르고 있으면 되겠느냐고 꾸중을 듣고 나도 하기 싫은 조선말*을 욕 들으면서 6년 동안이나 야학을 다니며 배웠어. 언니의 영향인지 야학에 조천 사람들이 그렇게 많았지.

백옥남

여맹 활동에 회의를 느끼다

당시 여맹 활동은 거의 당을 위한 심부름꾼 역할이었다. 우리가 독자적으로 여성 사업을 수행하도록 맡긴 게 아니고 당에서 부녀부장을 놓고 뒤에서 우리에게 지시를 내렸다. 부녀부장은 서쪽 사람인데 다른 곳에 있다가 연락할 때만 오니 이름도 몰랐다. 나는 우리끼리 의논하여 사업을 진행할 수 없어 답답했다. 우리가 무식해서 그럴 수밖에 없구나, 처음엔 그렇게 생각했던 것 같다. 남존여비라서 그렇구나 하다가 와산에 가서 일을 하는데 사태는 자꾸 불리하지, 연락은 계속 지체되지, 그런 일이 반복되다 보니 일의 체계가 왜 이 모양일까 의심이 생겼다. 부녀부장이 연락도 기관지도 가져오고 글로 하는 것도 모두 남자들이 했다. 우린 구두로 받아서 실전으로 일을 했던 것이다.**

해안 마을(북촌리, 조천리, 신촌리)에 자리 잡았을 때는 입말로 어떻게 일을 할지 의논했다. 어떻게 해야 이놈들한테 잡히지 않을까, 이놈들이 들이닥치면 뭐라고 답할 것인가. 이런 논의를 모두 입말로 했다. 의논한 내용을 위원장

* 당시 사람들은 일본말로 소통하는 경우가 많아 일본말이 더 편한 사람들이 많았다.

** 여성운동이 남성 주도적인 당의 지도를 받는다고 하여 여성운동이 아니라고 말할 수는 없다. 중요한 것은 여성대중이 자신의 해방을 위하여 직접적으로 참여할 수 있은 가능성을 얼마나 제공하는가이다. (이승희, 「한국여성운동사 연구」, 이화여대 박사 논문, 1990, 177쪽 참조.)

이 글로 적어 지시를 내려야 하는데, 우리는 위원장과 부위원장이 직접 당원들을 쫓아다니며 지도했던 것이다. 내가 감옥에 가서 머리를 싸고 책이라도 본 것이 그런 이유였다. 우리가 모르기 때문에 그런 대접을 받고 어렵게 활동해야 했던 것이 아닌가 해서. 김옥희는 중학 과정까지 나온 사람인데도 그랬다. 처음부터 부녀부장이 있었으니까.

남자가 부녀부장을 맡는 경우가 많았지만 책임자(여맹위원장)는 물론 여자가 했어요. 여맹은 급한 일이 있을 때 당세포에게 관리를 맡겼는데, 그때 여자가 나와서 운동을 지도하는 일은 없고 당의 남자가 했죠. 그러니 당시 여자들은 능동적으로 활동한다기보단 시키는 일을 한 셈이에요. 해방되고 나서는 감옥에서 너무 많이 죽어서 일꾼이 많지 않았어요. 임실군 여맹위원장은 명목상 여자가 맡았지만, 부녀부장은 남자가 맡아 실질적인 일을 했어요. 여자가 외곽 부녀부장은 했지만 자기 스스로 할 만한 능력을 갖추지 못했고요.

박선애

오매춘(한림면 부녀부장)과 나는 구우보통학교 동창이라. 우리 할으방이 좌익이니까 나에게 권유할 것 없이 자연히 자기가 서부를 하면 동부는 내가 할 거라 생각했지. 역시 시국에 대한 것은 통일이 돼야 밝혀지겠지. 지금은 깨끗이 말을 하려고 해도 못해. 언제면 통일해서 그 사람 명예회복을 할까. 매춘이는 5·10선거 반대, 그 운동을 소리 나게 했어. 자기 일생을 놔서 이렇다 한 사상운동을 한 3년 해 실 거라. 행복하게 살지도 못하고. 딸 하나만 낳고. 운동을 하다 보니까 자기 남편하고도 온다 간다 했을 거라. 죽게 되니 딸을 친구에게 맡기며, "나는 죽지만 너는 산다, 이 아이를 거두어다오" 했지. 이북 청년에게 총살당했어(49년 1월 12일). 그래서 우리가 세밀한 말을 할 수가 없어요. 자기가 죽으면서 사상가는 죽으면 혼자 목숨을 끊어라 해서 혼자 딱 죽었어요.

장성년

그때 당에서는 여러 지시와 교육이 내려왔다. 껌, 담배, 사탕 같은 물건들은 사면 안 된다는 것, 일부일처제를 실시하고 토지 없는 사람에게 토지를 준다는 것, 자기가 농사를 짓고 싶으면 농사를 짓고 직장에 다니고 싶으면 직장을 다니게 해준다는 것. 이런 내용을 알리며 활동했다. 북촌은 가난한 부락이어서 토지를 준다고 하니 어린애들같이 말을 잘 들었다. 게다가 우리 부락 사람들 성질이 '하자' 하면 하는 성질이었으니까.

여맹을 비롯해 조직 전체에 탄압이 심해져서 여맹은 장소를 자주 옮길 수밖에 없었다. 마을 가까이에 있기도 힘들어져서 알밤애기(알밤오름), 웃밤애기(웃밤오름)까지 오르다가 결국 한라산 중턱에 있는 거문오름까지 올라가야만 했다.

1947년 겨울은 그래도 지내기가 괜찮았다. 땅을 쪽마루만 하게 파서 나무를 넣어 불을 피우고는 납작한 돌을 엎어놓고 그 위에 가마니 같은 걸 깔면 그렇게 따뜻할 수가 없었다. 그렇게 어렵사리 버티며 점점 위로 올라가다가 48년에 그 사건이 났다. 그러니 따뜻한 게 다 뭔가? 뛰고 또 뛰게 되었는데.

1948년 가을, 좁혀 오는 포위망
조가 누렇게 익을 때쯤부터 낮에 부락을 드나들 수가 없었다. 처음엔 신작로만 피해 다녔는데 나중엔 오후 5시만 되도 길 가던 사람을 총으로 팡팡 쏘고 토벌대가 산까지 올라와서 밤낮으로 살아버리니 어떻게 해볼 도리가 없었다. 나는 밤이 이슥해지면 산에서 내려와 조를 베어두고 동이 트기 전 트*가 있는 곳으로 올라갔다. 그렇게 천 평 밭에서 조 열다섯 섬**을 거두고 그중 열 섬을 산으로 올렸다. 이때 산에서는 마을로 내려가서 물자를 조달했는데 민가에서는 원해서 내놓은 사람보다 억지로 내놓거나 약탈당하는 경우도 많아 조직원들을 '폭도'라고 부르기도 했다.

1948년 가을 농사는 풍년이었다. 우리 부락에서는 가을 농사의 반을 산으로 올렸다. 그러니 북촌리에서 입산한 사람들은 충분한 식량이 비장祕藏되어 겨울까지 식량 보급을 할 필요가 없었다. 겨울까지만 산에서 버티면 된다

* 러시아어 '아지트agitpunkt'의 줄임말로 비합법 운동가나 조직적 범죄자의 비밀 본부 또는 은신처.

** 제주에서 한 섬은 15말이고 한 말은 4되이다.

고 생각했는데 사태는 하루가 다르게 조여오고 마을에서 산까지 식량을 옮겨줄 사람도 점점 줄어갔다.

누가 습격이 오는 줄도 모르고 나무에 매달려 정신없이 열매를 따 먹다가 총에 맞아 죽은 후로 삼동, 볼래(보리수나무 열매), 다래를 먹지 말라는 명령이 떨어졌다. 한 청년은 소를 잡을 때 나온 우황牛黃을 부모에게 보내고 싶어 가지고 다니다 총살되었고, 한 처녀는 토벌대가 오는데 양단 한복을 가지러 트에 갔다가 죽었다. 사랑하는 남자가 준 옷이라 애착을 보이더니 그 옷 때문에 죽은 것이다.

여맹 본부도 눌미마을 위쪽 교래리로 옮겼다. 그곳에서 진선은 이달군의 아들을 낳았다.

이달군은 결혼한 뒤에 가족과 거의 같이 살지 않았습니다. 본처에게 이혼을 강요했고 싸움도 수십 번 했을 겁니다. 본처가 자신을 버리지는 말고 김진선과 살아라 했다고 들었습니다. 김진선이 두 번째 부인인데 정치적·개인적으로 따질 사람은 없었어요.

이석림

11월이 되자 산에서는 마을 보급로가 끊어졌고, 당에서 마을도 식량을 비축하라는 지시가 떨어졌다. 깊은 밤 마을로 내려가 집에 들르니 아버지가 큰 항아리를 밭에 묻고 콩을 담아 덕석을 씌워서 그 위에 흙을 올리고 있었다.

> 북촌은 소각헐 거니까 비장협서 비장협서 해도 무슨 말인가 했어. 부락을 앗아분다 앗아분다 하니까 저게 뭔 말인고 허다 보니 오꼿(후딱) 불태워버렸어.
>
> **한월계**

나도 옷 비장을 했다. 한때는 마당 가득 사람이 득시글거리고 웃음소리와 음식 냄새가 솔솔 담장을 넘던 우리 집은 난간에 먼지가 부옇게 쌓이고 갈무리 못한 호박 넝쿨이 엉킨 채 말라 비틀어져 있었다. 안방 벽장의 궤를 열어 양단 치마저고리, 공단 두루마기, 일본에서 산 모직 코트와 가죽 손가방을 꺼내고 이불도 한 채 내렸다. 햇솜을 넣고 몇 번 덮어보지도 못한 이불이었다. 옷은 광목치마에 싸고 낡은 이불 포를 벗겨 새 이불을 쌌다. 보따리를 등에 지고 올레를 빠져나올 때 부락 사람들은 등잔불을 켜고 곡식 비장을 하느라 바빴다. 나는 조를 수확한 밭 안쪽으로 들어가 내 키 반쯤 구덩이를 파고 보따리를 묻었다.

1948년 겨울, 전염병과 학살

겨울이 되자 토벌대들은 여맹 본부 바로 밑까지 바싹 올라와 움직이는 물체를 보면 무조건 쏘았다. 토벌대가 지나간 자리에는 연기가 펑펑 나면서 방목해 키우던 소나 말들이 흰 눈 벌판에 거멓게 쓰러져 있었다. 산에선 말과 소를 잡아서 배급하였다. 모두 한밤중에 이루어져 어디서 누가 무엇을 잡고 삶는지 알 수 없었다. 소고기는 산 부대들을 먹이고 말고기는 육포로 만들어 우리에게 배급하였다.

> 젊은 사람 힘 있는 사람들이 산에 (흩어진) 말이나 소를 잡아서 몇 점씩이라도 나눠줬지. 겐디, 좁쌀 한 말이라도 만약 가져가면 똑같이 다 부어야 돼. 밥하면 한 주먹이라도 똑같이 다 나눠서 했지. 어느 쪽에서 토벌 온다고 하면 반대편으로

같이 도망갔다가 '이제 갔어요' 하면 원래로 돌아왔지.

김춘경

언제부턴가 산 사람들은 이질痢疾에 걸린 것처럼 항문에 피가 나면서 대변을 못 보기 시작했다. 하얀 눈 위에 쥐똥같이 새까만 분비물이 떨어져 곳곳에 피가 흥건했다. 그때 한 군인이 해결책을 제안했다. 모슬포에 있던 9연대가 입산했을 때 들어온 육지 군인이었다. 이 병은 마늘과 무를 먹으면 낫는다고 했다. 우리는 밤에 송당 마을로 내려가 겨울 눈밭에 남아있는 무와 처마에 걸어 둔 마늘을 도둑질해다가 먹었다. 그러자 항문에서 나던 피가 멈추기 시작했다.

겨울 산에서는 식량 다음으로 절박한 것이 신발이었다. 아버지를 산에서 만났을 때도 신발 덕에 여기까지 왔노라고 했다. 아버지는 도두리 내창(시내) 총살 현장에서 경찰에게 돈을 찔러 주고 살아남았다. 마침 추수가 끝나 세금을 내려고 오바 속에 돈을 갖고 다녔어서 총질하는 놈에게 뇌물로 주었던 것이다. 아버지는 오른손으로 동생 손을, 왼손으로 친구 손을 잡았는데 중간 열에 세워서 "검은 오바 입은 놈 동쪽으로!" 호령하니 오른손에 잡은 동생이 탁 쓰러지더라고 했다. 그다음 "검은 오바 입은 놈 서쪽으로!" 하니까 친구가 또 탁 넘어졌고, 날이 어둑어둑해지니 순경들이 와서 툭툭 건들며 간신히 살아 있는 놈은 쏴버리고 엎드려 있는 우리 아버지한테 와서 꼼짝 말고 있다가 사람 못 볼 때 도망가라며 살려줬다고 했다. 아버지가 일어나다가 저쪽 끝에 꼬물락꼬물락하는 사람이 있어 다시 엎드렸는데, 제주시에 연락 왔다 잡힌 소년이 다가와 "할아버지 산으로 어서 가게마씸(갑시다)" 하더라는 것이다. 아버지는 나막신이 벗겨져서 맨발이라 갈 수가 없다고 하니 그 소년이 휘 둘러보고 큰어른 죽은 데 가서 "이제 어르신은 다 신었으니까 산 사람 신을 테니 그만 벗으십서(벗으세요)" 하며 큰어른의 신발을 벗겨 갖다 주었다고 했다. 어려도 지혜가 있는 아이였다. 아버지는 그 어린 학생 따라서 밤에 걷고 낮에는 숨으며 우리 있는 데까지 찾아왔다. 하루 저녁 앉아서 이야기하고 피난민 모인 곳에 모셔다 놓았는데 키는 크고 늙어서 도망칠 때 포복 전진을 하느라 애를 먹었을 것이다. 하루는 아버지가 우리 오누이에게 이렇게 애원하였다.

"너희들 오늘 총으로 나 쏘아라. 날 죽여두고 너희들 마음대로 허라."

눈 위에서는 저승 갈 때 신는 초신, 와라지草鞋만큼 좋은 것이 없었다. 끈을 달아 발등을 매면 아무리 뛰어도 미끄러지지 않았다. 부상당한 젊은이들은 "누님, 누님, 신발 좀 줍서, 신발 좀 줍서" 애원하였다. 9연대가 가져온 워커나 노획한 신발은 산 부대에 먼저 돌아갔다. 하지만 부상으로 낙오된 사람들도 공격이 오면 같이 도망가야 한다. 피난민들은 고무신을 신고 더러는 맨발도 있었다. 내가 야습당해 죽은 사람 신을 모아 아지트를 찾아가니 눈이 언 시냇가 바위 위에 신발을 애타게 찾던 부상병들이 느랏느랏(나른하게) 누워있었다. 모두 입술이 거멓게 타고 몸은 고열에 시달려서 신발을 배급해봤자 일어나 걸을 수조차 없는 사람들이었다. 그들은 죽어가고 있었다. 무슨 병이었을까. 피난민에게는 안 생기는 병이 산 부대에게만

퍼져 나갔다.* 나는 신발을 안겨주면서 "동무들, 그 신발 신고 끝까지 싸웁시다"라고 격려해주었다. 그러나 실은 '그 신발 신고 저승길이라도 편하게 가라'는 마음이었다.

날아가는 까마귀야 시체 보고 울지 마라
몸은 비록 죽었어도 혁명 정신 살아 있다

함께 부르는 노래에도 점점 힘이 없어지고 불평하는 사람들이 생겨났다.

"우리가 지금 싸우는 것이 뭐 있소? 산에 와서 내가 한 일이라곤 도망 다니는 일 뿐인데, 통일이 곧 돼서 정월 명절 때는 발 뻗고 앉아 먹을 수 있다고 한 사람이 누구요?"

"동무들, 도망 다니는 것도 투쟁입니다."

1948년 11월 15일 북촌의 젊은이들을 10여 명을 잡아

* 이 병은 전염병인 재귀열로 짐작된다. 스피로헤타 균이 몸 안에 침입하여 생기는 병으로, 이, 벼룩, 모기, 진드기 같은 매개체로 옮는다. 처음에는 고열, 오한과 전율, 피부의 누런 얼룩 착색 등의 증상이 나타나다 사라지고, 1주일 간 무혈 상태로 있다가 다시 증상이 나타나길 2~3회 반복하는데 재발할 때 더 위험하다.

가 함덕해수욕장에서 총살했을 때, 우리 집안 장손인 큰조카도 희생되었다. 사촌들은 몰래 내려온 나를 보자 잡아먹을 듯이 달려들었다.

"이년아, 어느 것이 해방이고? 어느 것이 금일 명일이고?"

친정어머니는 큰조카 시체를 찾으러 함덕해수욕장을 돌아다니다 모래사장에서 같이 죽은 동네 처녀를 발견해서 묻어주었노라고 했다.

"가서 보니 눈 한쪽은 총 맞아 빠져버리고 오른쪽 다리는 딱 오그령 이시난(접혀져 있으니) '아이고 설운 나 똘아(불쌍한 내 딸아), 세상 원을 허라. 이제 하다(부디) 원통허게 생각하지 말라. 우리도 오늘사 가질 티 내일사 가질 티(오늘 죽을지 내일 죽을지) 모른다. 나 진언이 어멍이노라.'"

이렇게 말하며 굽힌 다리를 어루만지니 오른쪽 코로 피가 쫙 나오고 오그라졌던 다리가 차차 펴져가더라고 했다.

사람들은 산으로 꾸역꾸역 올라왔다. 구들장을 들어내서 숨고, 돼지우리에 숨고, 창고 안 곡식 항아리에 숨어 버티고 버티다 올라왔다. 형편이 나은 사람은 배를 사고 경찰을 매수해서 일본으로 밀항했지만 그럴 수 있는 사람이 몇이나 되겠는가. 산 사람들은 '인민공화국 만세'를 외치며 죽었다. 마을에 있던 친정어머니도 총살 직전에 '인민공화국 만세'를 세 번 불러서 맨 처음 총살되었다고 조카가 전했다. 한 번도 내가 하는 일을 막지 않았던 어머니. "몸조심허고……" 그 이상의 말을 하지 않았던 어머니였다.

토벌대들이 바윗돌까지 들추며 산 사람의 흔적을 뒤지고 있을 때였다. 우린 스무 명 정도 들어가는 굴에서 숨어 지냈는데 5~6개월 된 진선이 아기가 고열로 밤새 신음하며 울었다. 굴 속에 숨어 있던 사람들의 목숨이 위험해지자 조직에서 아기를 죽이라는 명령이 떨어졌다. 진선은 아기를 살리려고 밤에 마을로 내려갔다가 매복해 있던 경찰의 총에 맞아죽었다.

교래리 근처 까끄레기오름에서 일행과 걷다가 갑자기 똥이 마려웠다. 며칠 만에 누는 대변이었다. 숲속에 들어가 눈을 깊이 파서 일을 보고 눌러놓고 나오니 일행이 사라지고 없었다. 암호가 수시로 노출되어 아침 암호가 저녁에 다시 바뀌니 아침 암호를 대면 먹히지 않을 때였다. 그런데 선을 잃은 것이다. 사람 기척은 점점 사라졌다. 사방은 눈에 묻혀 아무것도 보이지 않고 허리춤에 끼워놓은 말고기 육포는 금방 바닥이 났다. 낮에는 움직이지 못하니 굴이나 나무 위로 올라가 눈을 붙이고 어두워지면 눈에 불을 켜고 한라산을 헤매었다. 허기에 지치면 솔잎도 씹어보고 나무껍질도 핥았다. 씹고 난 찌꺼기를 삼키지 못하면 숲이 우거진 곳으로 들어가 돌을 파내서 뱉고 발자국으로 따라올 수 없게 멀리 돌아서 나와야 했다. 그러니 삼킬 수 없는 것을 먹는 것이 또 고역이었다. 겨울 한라산에서 제일 먹을 만한 것은 도톰한 동백나무 잎사귀였다. 쌀을 비장해둔 곳을 찾으면 사람을 만날 수 있을 것 같은데 눈이 너무 쌓여 어디가 어딘지 분간이 어려웠다. 닳아 벗겨지는 초신을 거꾸로 신고 처음 왔던 길로 되돌아갔다.

9일 째 되는 날, 비장해둔 식량을 파러 온 3인조 중 한 명과 만날 수 있었다. 생의 애착이 그런 것인가. 9일간 쫄쫄 굶으며 혼자 한라산을 헤매면서도 무섭다는 생각을 해보지 않았다.

해단식인가?

모든 조직이 해체되고 부락 단위 투쟁 위원회로 묶어 다닐 때, 흙붉은오름으로 모이라는 연락을 받았다. 부락 대표 다섯 명이 대낮에 체오름에서 출발하여 한라산 정상 가까이 있는 흙붉은오름에 도착하니 자정쯤 되었다. 눈이 무릎 위까지 빠져 발을 빼는데 시간이 걸렸다. 한 50명쯤 왔을까, 우리 일행이 나무 아래로 들어가 자리를 잡은 뒤에도 계속 사람들이 모여들었다. 흰 눈이 어둠을 거둬냈지만 서로를 알아볼 정도는 아니었는데, 사령관* 있는 쪽으로 등잔불이 몇 개 깜박거렸다.

"제가 고문당해서 귀가 한쪽 멀어 그동안 여러분의 입 모양을 보고 말을 알아들었습니다. 우리는 모두 열심히 싸웠습니다. 이제 제주에서는 끝이 될 것 같습니다. 그러니 어느 사람이 먼저 죽을지 아무도 모릅니다. 이제는 각자 자기가 맡은 것을 위해 싸울 수밖에 없습니다. 이제 내

* 이때 사령관이었던 이덕구(1920-1949)는 48년 8월 해주 남조선인민대표자회의 참가하러 간 김달삼을 이어 군사부의 2대 책임자를 역임했다. 이덕구는 신촌리 유지 집안의 아들로, 일본 리쓰메이칸대학 재학 중에 관동군으로 징집되어 갔다가 해방이 되자 귀향하여 조천 중학원에서 역사를 가르쳤다.

가 동무들을 지도할 수도, 더 이상 모여 다닐 수도 없습니다. 이렇게 있다가 오늘밤도 어느 친구가 먼저 갈지 모릅니다. 서로 배고프고 춥기는 마찬가지니까 주먹 불끈 쥐고 잡힐 때까지 자기 몫을 위해 싸워주십시오. 제가 죽어도 영혼이 동무들과 최후까지 남아 같이 싸울 것입니다. 마지막 부탁은 먼저 간다는 것을 원통하게 생각하지 말고 우리 뒤에 사람이 있다는 것을 항상 생각하고……."

'뒤에 사람은 무슨 사람, 다 죽어버렸는데' 하면서도 내이 산에서 굶어 죽을망정 저놈들에게 죽지는 않는다고 결의를 다졌다. 우리 일행은 오던 길을 되돌아가기 시작했다. 이때 조천면당으로 간 후 볼 수 없었던 이달군 선생이 일행에 합류했다. 뒤로 비명 소리가 들리는 것 같았다. 나중에 몇 명이 스스로 목숨을 끊었다는 말이 들려왔다.

걷는 동안 아무도 말이 없었다. 좋은 때는 누구든지 다 좋은 사람인데 막상 상황이 험해지니까 좋은 사람이 없었다. 탄압은 심해지고 배고프고 헐벗고 추위에 못 견디니까 어느 놈 하나 인상 펴지도 않고 말 하나만 해도 투덜거리고. 그러던 중 군사부에 있던 동생이 우리 부락 투쟁위원회로 들어왔다.

해는 이미 서산에 빛을 숨기고

어두운 빛을 사방에 들이밀어 오누나

만경창파에 성난 파도 뱃머리를 진동해

둥실 떠나는 작은 배 나 갈 길 막연해

조천 중학원 다니다 올라온 막냇동생은 처량하게 노래를 부르며 만일 잡히면 자신은 자살하겠노라고 말했다.

입학한 후부터 정기적으로 모였고, 학교가 불타서 나가지 않게 된 후로는 더욱 자주 만났어요. 토벌할 때 학생들은 산으로 피난을 가서마씸(갔습니다). 우린 2학년이니 잘 몰랐지만 가만 생각하면 맑스나 레닌의 사상 같은 것으로 남북을 통일시키려 한 것은 틀림없는 듯합니다. 이론상으로는 참 좋은 이론들이죠. 그런데 지금 북에서 하는 짓을 보면 어디 그럽니까. 실상이 문제지요.

김옥매

"누님, 우리가 이렇게 해서 통일을 못 시키면 우린 어떻게 됩니까? 꼭 안 될 것만 같습니다. 그러면 우리는 역적으로 몰려서 죽을 것 아닙니까?"

막냇동생은 3·1 사건으로 구속되었다가 나온 친구들이 배를 구해 일본으로 빠져나갈 때 같이 못간 것을 후회하고 있는 듯했다. 이제 산에서는 소나 말이 산에 늘편하게 죽어 있어도 거두어 잡을 사람이 없었다. 지난 늦가을에 비장한 식량은 전향해서 내려간 사람들이 올라오면서 가져갔고, 3인조로 비장한 식량은 묻은 사람이 아니면 찾을 수가 없었다. 경찰은 전향한 사람들이나 포수들을 맨 앞에 세우고 그 뒤로 민보단원을 따르게 해서 토벌 다니며 노래를 불렀다.

역적의 민애청(민족통일애국청년회)을 잡으러 가자
역적의 남로당을 때려 부수자
아~ 아~ 영광의 대한민국

2

제주를 떠나다

체포와 고문

1949년 5월 5일, 보리가 피어 물긋물긋할 때 우리 일행 다섯 명은 먹을 것을 찾아 선흘리로 내려왔다.* 푸른 잎을 뜯어 먹으려면 민가 근처로 내려가야만 했고, 사람이 없는 빈 마을에는 곡식만 익어가고 있을 것이라 생각했다. 보리밭에 모두 들어가 풋보리를 막 뜯는데 "손들어" 소리가 들렸다. 순간적으로 상대할 만큼의 수가 아니라는 느낌이

* 해상에서 5킬로미터 밖에 사는 사람은 모두 적으로 간주한다는 계엄령에 따라 중산간 마을에 사는 사람들은 모두 해안으로 내려가 마을은 비어 있었다. 새로 주둔한 군대는 산과의 연결고리를 끊기 위해 중산간 마을을 모두 태웠다.

왔다. 그때 산에는 사람 수는 적고 총이 남아돌아서 우리에게도 배당되었다. 이달군 선생이 모두 총을 밭 속에 묻으라고 했다. 총을 묻고 손을 들고 나갈 때는 토벌대가 벌써 밭담을 뺑 둘러싸서 총구를 겨누고 있었다.

함덕지서로 끌려갔다가 제주경찰서로 옮겨져 고문이 시작되었다. 난 처음부터 끝까지 만약을 위해 준비해둔 대로만 말했다.

"난 아무것도 모른다. 해방이 돼서 일본에서 왔다가 사람들이 산으로 오르니까 고리짝 지고 따라 올라간 죄밖에 없다."

그때 어떤 여자가 취조실로 들어오더니 나를 향해 손가락질했다.

"저 여자가 제주도 도처에 다니면서 '불 붙여라' 명령하면 불 붙이고, '사람 죽이라' 호령하면 죽이고 했수다."

나와는 전혀 면식이 없는 모르는 여자였다. 밀고로 잡혀 온 분풀이를 하는 것 같았다. 순경들이 끝에 꼬챙이가 달린 장작을 한 묶음 가져와 불도 안 켜고 패기 시작했다.

그러고 나선 공중에 거꾸로 매달아 때리다가 무게가 벅차면 내려서 무릎을 꿇렸다. 천장에 머리를 매달다 내 몸이 무거워 머리 가죽이 홀라당 벗겨져 대머리가 되었다. 이제는 기둥을 다리 양쪽에 끼워서 사람이 올라가 밟았다. 그래도 다 모르는 일이라고 했다. 나중에는 아홉 놈이 빙 돌아앉아서 허벅지를 담뱃불로 지져댔다. 워낙 두드려 맞아 퉁퉁 부어 살이 타들어가는데도 아프지 않았다. 그래도 손톱 사이에 송곳을 꽂을 때는 통증이 왔다. 그때 취조실에 우리 부락 남자 김○○이 왔는데 그 남자는 내가 당하는 것을 보며 겁에 질려 "예, 예, 예, 다 했습니다" 하며 지장을 바로 눌렀다. 난 서류를 내 앞에 갖다 대며 지장을 누르라고 했을 때 "난 글을 읽을 줄 모르니 내용을 낭독해줍서"라고 했다. 경찰은 건방지다며 쇠몽둥이로 머리를 내리쳤고 나는 기절했다. 다시 깨어났을 때 서류를 들이대며 다시 지장을 요구했다. 난 그때마다 내용을 낭독해달라고 고집을 부리며 버텼다. 취조가 끝나자 순경 둘이 부축해서 나를 질질 끌고 "이 년은 이덕구와 잠을 많이 자서 이렇게 살쪘다"라고 욕지거릴 내뱉으며 감옥 바닥에 던져두고 갔다. 정신을 차려보니 구석에 이달군 선생이 앉아 있었다. 내 꼬락서니를 보더니 손으로 도장을 누르는 손짓을 했다. 어차피 한 방 맞으면 될 건데, 눌러버리라고. 나는 고개를 저으며 수용소 바닥에 쓰러졌다.

경찰서에서 한 달을 시달리다 6월 초하룻날에 헌병대로 넘어가게 되었다. 이젠 안심이구나 하고 숨을 돌리는데 헌병이 서류를 한 뭉치 갖고 들어왔다. 서류가 책 두께만 했다. 김진언이가 당원 40명을 흡수시키고, 쌀 40가마니, 갈치 열두 짝을 산에 올렸다고 다른 사람이 다 불었으니 서류에 지장을 찍으라고 들이밀었다.

"아니, 당신네도 생각해봐라. 촌에 사는 가정부인이 그런 어마어마한 일을 할 수 있겠나. 일본에서 살다 와서 아무것도 모르는데 사람들 따라 고리짝 지고 산에 올랐다가 이 지경이 된 거지. 난 당원이 무언지도 모른다. 당원이 도대체 뭐하는 사람이우꽈(사람입니까)?"

말이 채 끝나기 전에 장작으로 또 허리를 내리쳤다. 까무러치면 물 가져와 치대며 깨우고 다시 몽둥이질을 해댔다. 그래도 나는 끝까지 지장 찍는 것을 거부했다.

1949년 6월 7일, 그날은 괴괴 잔잔하고 가랑비가 뽀얗게 내리는 날이었다. 열다섯쯤 되었을까, 이제야 가물가물 털이 나오는 소년을 고추까지 홀랑 내놓은 채로 우리가 수감된 방으로 들여놓았다. 밖에서 사람들이 수군댔다. 이덕구 비서라고, 저 자식은 뛰지 않았으면 목숨을 건졌을 건데 도망가서 저리되었다고. 총을 여러 군데 맞아 곧 죽을 것처럼 보였지만 숨은 아직 붙어 있었다. 이달군 선생이 소년 옆으로 바짝 다가가 무언가를 주고받았다. 소년은 다음날 아침 송장으로 나갔다. 경찰서 밖에서 경찰들이 이덕구를 자신들이 잡았노라고, 머리를 잘라 관덕정 앞마당에 전시할 거라고 떠들어대는 소리를 들었다. 이달군 선생이 나 옆으로 와 속삭였다.

"이덕구 사령관은 자살했다고 햄수다(했습니다)."

경찰서와 헌병대를 거쳐 수용소 생활을 하면서 나는 남자들의 실상을 다시 보았다. 내가 수감된 방에는 남자 100명, 여자 50명이 있었는데, 두 달 동안 여자는 한 명도 죽지 않았는데 남자는 30명이 죽어 나갔다. 독한 고문을 견디지 못하고, 배고픔에 굴복해버리고, 병에 걸리고……. 남자들이란 가정에서나 우대받을 족속들이었다. 그래도 이달군은 달랐다. 하루 배급으로 삶은 밀 한 줌씩을 주면 남자들이 서로 더 먹으려고 혈안이 되어 밥그릇을 엎으며 싸움이 나고 볼 꼴이 아니었다. 이달군은 아침에 국자로 밀 한 줌을 주면 조용히 손에 받아 구석에 앉아 천천히 씹었다. 한마디 말이 없었다. 옆에서 변기통을 엎으며 싸움이 일어나든, 자기 몫의 밥을 뺏어가든, 물을 누가 먹어버리든 눈 딱 감고 상관을 안 했다. 그러다가 누가 취조받으러 나가면 그때 눈 떠서 한 번 보는 게 전부였다. 나는 그때 남자는 이달군 하나라고 생각했다.

동척회사 수용소로 옮긴 지 일주일쯤 되었을 때, 수용소 경비원이 나를 찾았다. 같은 부락 사람이었다.

"누님, 며칠 전부터 진희가 수용소 문 앞에 와서 울엄수다(울고 있습니다). 내가 어떻게 허락을 받아볼 테니 딸을 한번 만나고 옵서(오세요)."

수용소 근처에 산짓물* 빨래터가 있었다. 수감된 여자들이 빨래 나갈 때도 나는 바깥출입이 금지되어 있었다.

몰래 여자 수감자들 틈에 끼어 빨래터로 가는데 딸이 뒤따라오는 기척이 느껴졌다. 혼자 떨어진 곳에서 빨래를 헹구고 있을 때 딸이 말을 걸었다. "엄마, 나 학교 입학시켜줘." 나는 나가면 보내주겠다고 달래는데 속이 시큰거렸다. 그러더니 딸이 갑자기 사라졌다. 나는 주위 눈치에 그냥 갔는가 했는데 딸이 국밥 한 그릇을 사들고 다시 나타났다.

"너도 먹어라, 돈이 어디서 나시니(났니)?"

"난 맨날 먹어. 보리검질(김)을 40일 매서 500원을 모았어. 저쪽에 있던 헌병이 자꾸 나 보며 저 사람 너 엄마 아니냐고, 닮았다고 해서 전혀 모르는 사람이라고 했어."

서로 먹으라고 밀다가 결국 나 혼자 국밥 한 그릇을 다 비웠다. 가슴도 아프고 눈물도 났지만 배가 너무 고프니 그걸 혼자 다 먹어버렸다. 물을 싣고 돌아가는 마차에 올라타 수용소로 돌아왔다. 빨래 구덕을 꺼내 옷을 탁탁 터는데 빵이 툭툭 떨어졌다. 가슴이 탕탕 뛰었다. 어느 틈엔가 딸이 빨래한 옷 사이사이에 빵을 담아놓은 것이다. 아

* 수용소로 사용했던 옛 동척회사 근처에 있는 바다에서 솟아나는 샘물.

는 헌병을 불러 의논했더니 걱정 마시라고, 방에 있는 사람들에게 골고루 나눠주면 된다고 했다. 나눠주는 과정에서 남자들이 더 먹겠다고 싸움을 벌였다. 그날 우리 방 수감자들은 빵 반쪽만 먹고 하루를 굶는 징벌을 받았다.

시누이가 자기 남편이 별 두 개여서** 나와 자기 오빠를 살리겠노라고, 전향을 하라고 했다. "이 일이 싫은데 부락 때문에 하게 되었으니 앞으로 반성하고 대한민국 사람이 되겠다"고 선언하라는 거였다. 내 부모형제가 서른여섯이나 죽었는데 나 혼자 살겠냐고, 못 한다고 했다. 우리 딸이 그 소식을 듣고 막 울면서 우리 어머니 당장 나오라 하라고, 살려주겠다는데도 고집을 부리는 나를 원망했다고 했다.

형무소 수감과 탈출

1949년 7월 21일, 공판장에 나가니 경찰이 우리를 2열로

** 군에서 지위가 높다는 뜻으로 보인다.

세웠다. 그때 옆 사람이 툭툭 쳤다. 눈짓으로 자리를 바꾸자는 것이다. 자리를 바꿔주고 옆을 보니 산에서 헤어진 주인이 서 있었다. 그는 첫말에 배는 안 고프냐고 물었다. 왜 배가 안 고프겠는가. 우리 일행 중에는 밥 한 양푼이만 실컷 먹었으면 지금 죽어도 원이 없겠다며 밥 타령을 하다가 사형장으로 간 사람도 있었다. 나는 경찰에서는 돈이 있으면 사먹을 수도 있지만 여기서는 못 먹는다고 솔직히 말했다. 그의 행색을 쓱 보니 맨발이었다. 나는 그래도 대머리를 가린 머릿수건도 있고 양말도 신었고 손수건도 있었다. 갖고 있던 손수건과 양말을 벗어 주고 수중의 돈 몇 푼도 털어 주었다. 재판정에서 김완배는 자신은 죽어도 좋지만 죄 없는 인민들은 살려달라고 했다.

나는 전주형무소에 가서야 내 형량이 '무기'라는 것을 알았다. 먼저 가 있는 사람에게 물었다.

"무기가 뭐요?"

"오늘 나갈 수도 있고 내일 나갈 수도 있다는 뜻이오."

전주형무소에 도착하자 교도관들이 나타나 하얀 가루

를 머리부터 뒤집어 씌웠다. DDT*라고 했다. 수용소 생활에서 옮겨 붙은 보리쌀만 한 이가, 머리로 몸으로 스멀스멀 기어 다니며 옷 솔기 사이마다 빽빽하게 박혀 있던 이가 싹 없어졌다. 한 달 후 수감자들이 계속 밀려오자 나는 서대문형무소로 보내졌다. 방에는 여자 아홉 명이 수감되었다. 모두 제주 사람이고 애월 여자 한 사람을 제외하고는 무기형이었다. 밥 들어오는 구멍으로 주먹만 한 가다밥**이 들어올 때 전향 문서도 따라 들어왔다. 나는 그걸 박박 찢어 밥그릇에 담아 보냈다. '내가 네깟 것들에게 굴복할 줄 아느냐'는 결기가 고문당한 세포 낱낱이 새겨져 있었다. 우리들 가운데는 전향서를 쓰고파 한 사람도 있을지 모르지만 분위기에 눌려 이탈하는 사람은 없었다.

조그만 동이 하나에 물을 주면 당번을 정해 물 한 컵씩을 배급했다. 그 물로 먹고 세수하고 설거지까지 하려면 한 방울이 아쉬웠다. 그곳에서 이덕구 비서로 있던 이정

* 유기염소 계열의 살충제이자 농약으로, 전염병을 막는다는 명목으로 미군정은 이 살충제를 사람들에게 뿌렸다.

** 형무소에서 네모난 틀에 눌러 나온 밥으로 '징역밥' 혹은 '틀밥'이라고도 한다.

숙을 만났다.* 정숙은 말을 거의 안 했다. 신랑이 학교 선생이라 잡혀 온 애월 여자도 끝내 남편의 이름도 성도 말하지 않았다. 당번이 물을 배급해줄 때, 자신에게 배급이 안 와도 나는 왜 안 주느냐는 말도 않던 조용한 여자였다.

징역 10개월이 되어가는 1950년 6월, 초하루나 이틀이면 오던 주인**으로부터 편지가 오지 않았다. 이제나 저제나 기다리며 스무 날이 넘어갈 때, 주인이 찾아와 재촉하는 꿈을 꾸었다.

"빨리 뒷문을 여시오."

"왜 뒷문을 열라고 하시오, 앞문을 열어야지."

"아직 앞문을 열 때는 안 됐소."

예감이 불길하였다. 뒷문을 열어서는 도둑질하러 들어가는 것밖에 더 되겠는가. 사람은 모름지기 앞으로 나가야지. 며칠 후에는 4·3 때 죽은 남동생이 꿈에 나타났다.

"누님, 지금 막 바쁜데…… 말이 있어야 할 텐데 어떻허

* 할머니의 수감 시기를 고려했을 때, 할머니가 만난 이정숙은 해주 인민대표자 대회에 참가한 이정숙과는 다른 인물로 보인다.

** 1949년 7월 21일 공판에서 남편도 무기형을 선고받아 마포형무소에 수감되었다.

코 마씸(어떻게 할까요)."

"저 밭에 말 매어놨으니 그 말 타고 혼저(어서) 가라."

그 말 하나에 세 사람이 타서 동쪽으로 달려가고 있었다. 맨 앞에 이달군, 가운데 남동생, 맨 뒤에는 사촌동생. 모두 4·3 때 죽은 이들이었다. 말을 타서 도망은 갔는데 죽은 사람들도 바쁜 걸 보니 무슨 일이 크게 나겠구나 싶었다. 그런데 밖에서 대포 소리, 총 소리가 들리고 형무소 문들이 열리기 시작했다. 무기수가 모여 있는 내 방은 맨 끝 동에 있어 밖에서 열어주지 않으면 도리가 없었다. 서로 얼굴만 쳐다보는데 밖에서 유리문 부수는 소리가 들렸다.

"혼저, 혼저들 나옵서(어서, 어서들 나오세요)."

익숙한 음성, 제주 사람이었다. 허둥지둥 형무소를 나온 우리는 독립문 밖으로 나와 뿔뿔이 흩어졌다. 나는 퍼런 죄수복 차림으로 군중과 휩쓸리며 걸었다. 고향에 돌아가지 못하는 나는 수중에 돈 10원도 없었고 몸을 의탁할 곳도 없었다. 정처 없이 걷고 있는데 인민군이 보초를 선 종로경찰서가 보이고 마당 안에는 죄수복을 입은 사람들이 무더기로 보였다. 인민군이 접수한 종로경찰서로 들어갔다. 경찰서 마당으로 형무소를 나온 사람들이 점점 더 모여들었다. 산에서 같이 싸우다 수감된 사람들이 거의 다 들어왔는데 남편 얼굴은 보이지 않았다.

형무소에 있을 때 한 달에 한 번 나오는 엽서로 편지 쓰는 시간에 나는 주인에게 편지를 보냈다. 주인은 한 달은 집으로, 한 달은 나에게로 썼다. 보통 짝수 달 초열흘이나 열하룻 날이면 도착하는 편지가 6월에는 오지 않아 이상하다, 이상하다 하던 중에 전쟁이 터진 것이다.

종로경찰서에서 사흘째 머무르던 날, 주인과 같은 조직에서 일하던 사람을 만났다. 철창에 찢겨 죽은 남동생의 학교 선생님*이었다. 그는 나를 보고는 황급히 다가왔다.

"아니, 우리 주인 못 봤어?"

"나 말 안 듣고 이송 가부렀수게(가버렸어요)."

"무사?(왜?)"

"그렇게 말렸는데 전향해버려 올케 빨갱이라고 해서 보내부렀수게(보내버렸어요)."

* 조천중학원 교사 김민학으로, 제주도 여맹위원장이었던 이재옥의 사위다.

"게난(그러니까), 어디로 간?"

"모르쿠다, 남쪽으로 내려갔으니까."

"혼자?"

"우리 방에서 세 명이 내려갔수다."

그때까지 우리가 사는 방법은 '난 아무것도 모른다'였다. 전향은 자기가 사상이 있다는 것을 밝히는 것이 되니 이쪽에서는 '이 놈은 완전히 유물 사상이 박힌 놈'이라는 증거가 된다. 서울 쪽 형무소 문이 열리자 이승만 대통령이 대전, 대구, 광주 등 서울 이남의 형무소 재소자들을 급히 죽여버렸다고 수군대는 소리를 들었지만** 그중에 남편이 있으리라고는 눈곱만큼도 생각하지 못했다. 갑자기 사지가 잘려나간 듯 몸이 아프고 입맛을 잃었다. 교도소에서 그렇게 나를 괴롭히던 식탐이 싹 사라져 버렸다.

** 전쟁 중 학살은 국군과 인민군 양쪽에서 이루어졌다. 해방 후 유엔군이 북한 지역까지 밀고 올라갔을 때, 곳곳에 대량 학살의 흔적이 수없이 남아 있었다. 북한 군대와 행정부는 남한 세력과 동조할 수 있다는 의심만으로 학살을 자행했다. 그들의 인민들에게도 마찬가지였다. 어떤 곳에서는 교회 신자들이 집중적으로 학살당하기도 했다. (유임하, 《한국 소설의 분단 이야기》, 책세상, 2006, 187~188쪽 참조)

3

북한, 무계급사회의 계급

인민군을 따라 올라가 평양 근처 항공사령부 식사 담당으로 들어갔다. 비가 촉촉이 오는 날, 쉬고 있는 기사들 방으로 누룽지에 설탕을 버무려 가져갔다. 보초병 두 명과 운전병이 받는 하루 쌀 배급량은 60그램. 기껏해야 두 끼 먹을 양이었다. 한창 때이니 배가 얼마나 허전할 것인가. 나는 누룽지 그릇을 방으로 쑥 밀어 넣었다. 반길 줄 알았는데 모두 표정이 어두웠다.

"비 오는데 출출하지?"

"……."

"어서들 먹어봐."

"제주 오마니가 우리를 어드러케 죽이려고 하는 거지비, 살리려고 이러는 게 아니잖습네?"

"그게 무슨 말이야? "

"우리 두 번이나 혼났시다. 이번 나간 오마니가 소고기국 가져와 먹으라고 하니까 먹었습네다. 그러케 줘놓고 상부에 보고해버려 빳다방망이를 몇 대씩 맞았시오."

"너희들 입으로만 뭐라 안 하면 나는 말 안 할 거니까, 걱정들 말고 먹어."

보초병은 눈물을 보이며 끝내 먹지 않았다. 보초병들은 하나같이 상부의 폭력을 두려워하며 먹을 것을 받지 않았다. 그런데 항공사령부로는 물자가 풍부하게 들어와 달걀, 사과, 버터, 닭고기, 쇠고기가 쌓였다. 간부들은 진탕 먹어도 배급받은 쌀이 줄지를 않았다. 다만 채소 등 푸릇한 것은 귀했다. 인근 민가의 텃밭에서 쌀을 채소와 바꿔 겉절이를 해주면 환장하게 좋아했다. 고기 다 필요 없으니 그것만 달라고 아우성이었다. 나는 물 길러 나가는 길에 눈여겨봐 둔 못사는 몇몇 집에 식량을 줬다. 남아도는 쌀이었다. 그런데도 상부에서 검사를 나와서는 "지난번 사람이 담당할 때는 쌀이 착착 없어졌는데 쌀이 왜 그대로 있느냐?"라고 추궁했다. 며칠에 한 번은 쌀 한 가마니씩 떡을 만들어 동네에도 나눠줬다. 김이 식지 않은 떡을 보자기에 싸서 찾아간 그 집은 여덟 식구가 저녁을 먹고 있었다. 옥수수밥에 양념도 안 된 날된장을 가운데 놓고 젓가락으로 찍어서 먹고 있는 장면을 보는 내 마음이 복잡했다. 나는 결국 토론회에서 벼르던 말을 토해냈다.

"어째서 계급사회에서 무계급사회로 전환한다고 하는데 이렇게 차별이 심합니까?"

"뭔 소리인가?"

"상부에서는 음식이 남아 버리는데 하부에서는 음식이 없어 골골거립니다. 어째서 음식까지 이리 차별합니까."

한 간부가 눈이 휘둥그레지며 잘 말해보라고 했다.

"내가 누룽지에 설탕 타서 주니까 보초병들이 안 먹습니다. 자기들은 먹으면 안 된다고 하면서. 고기도 위에서 안 먹으니 가져왔다고 해도 절대 안 받습니다. 66명이 하나같이 그래요. 남은 음식이라도 먹을 수 있게 해얄 것 아닙니까."

사령관은 자기는 모르는 일이라고, 다른 계통의 지시인 것 같다고, 말해줘서 고맙다고 했다. 자기들은 하루에 닭 한 마리, 달걀 세 개, 사과 세 개, 배, 버터 바른 빵 하나를 먹었다. 남쪽 군인은 상부나 하부나 차이 나는 옷은 안 입는데 북쪽에 가니까 소대장만 되어도 무릎까지 올라오는 장화를 신고 왈각질각 좋게 차려입었다. 그러면서 졸병들은 누더기 같은 옷을 입히고 신발도 농구화 비슷한 얇은 운동화를 배급했다. 군인의 상하부뿐 아니라 책상머리에 앉은 놈과 밖에서 일하는 놈 차이가 또 그렇게 컸다. 내가 볼멘소리를 하면 주위에서는 큰일 날 소릴 한다고 걱정했다. 더 이상 참을 수가 없을 때 벌받을 각오로 지도원 간부에게 대들었다.

"우리는 제주에서 이렇게 싸우지 않았소. 먹는 것, 입는 것, 쓰는 것 모두 공평하게 했소. 이게 평등사회요?"

"아직은 전시라서 토대가 안 잡혀서 그러니 이해하시라우요."

지도원은 화를 내지 않았다. 그때 의심이 생겼다. 우리가 조국통일 전쟁을 하는 이유가 자본주의를 몰아내고 평등한 세상을 만들고자 하는 건데, 사회주의 깃발을 꽂은 지가 언제인데 아직도 토대가 안 잡힌다면 언제 잡힌다는 말인가. 전쟁이 끝나면 과연 달라질 것인가.

항공사령부는 두 명의 여자 선생이 있었다. 한 명은 노어, 한 명은 영어 선생이었다. 둘 다 서른 중반의 처녀로, 영어 선생은 눈이 가늘고 얼굴은 누에가 있는 것같이 잔주름투성이었다. 성격도 칼칼했다. 주름을 감추려 화장을 짙게 해놓으면 그걸 벗기는데 한참이 걸렸다. 그러면서도 세수는 여름에도 더운물에만 하는 것이다. 밥하는 바쁜 시간에 솥 하나를 물 데우는 데 쓰려면 진땀이 났다. 영어 선생은 간부나 다를 바 없으니까 그 바쁜 와중에도 물을 데워서 바쳐야 했다.

"선생 동무. 피부를 곱게 하려면 냉수에 세수를 하세요. 그래야 피부가 고와져요."

이런 말을 하면 고깝게 듣는 눈치였다. 반면 노어 선생은 그렇게 사람이 좋았다. 화장도 안 하고 키도 후리후리하게 크고 성격도 털털했다. 그때 나는 감옥에서 나온 지 얼마 안 되기도 했지만 주인이 죽은 후라 먹지를 못해 바싹 말랐었다. 노어 선생은 새참 시간에 빵에 버터를 발라 먹다가 내 입에 밀어 넣었다.

"오마니, 이거 잡숴봐."

버터 냄새가 싫다고 하다가 먹기 시작한 것이 서너 달 되니 얼굴이 뽀얗게 되었다. 몸도 차차 원래 몸피로 돌아올 즈음, 인천상륙작전에 밀려 10월 8일에 개성에서 후퇴해야 했다.

미군 비행기가 뜨기 전에 이동한다고 부리나케 가는데 황해도 개천벌판에서 기습사격을 당했다. 아침 6시부터 하늘이 새카맣게 낙하산이 떨어졌다.* 총알이 콩알 쏟아지듯 퍼부을 때는 아예 가만히 섰다. 같이 일하던 처녀와 부둥켜안고 있는데 총알이 처녀 턱을 관통하고 지나갔다. 그 새파란 처녀보다 내가 맞아 죽었으면 좋았을 것을. 턱이 떨어져나간 얼굴을 수건으로 덮어주고 계속 걸었다.

* 한국전쟁에서는 전투기 폭격으로 먼저 초토화시킨 다음 진군하는 전술이 도입되었다. 발전한 공군력을 이용한 것이다. 또한 병참기지와 보급로를 끊는다는 명분으로 전선이 아닌 후방 지역에도 폭격을 퍼부었다. 당시 미군 소속 전투폭격기 조종사의 말을 빌리면, 전쟁이 시작된 지 6개월이 지나자 더 이상 폭격할 대상조차 찾기 어려웠다고 한다.(박태균, 《한국전쟁》, 책과함께, 2005, 185쪽 참조)

무거운 양식을 지고 뒤처져 나무 그늘에서 숨 고르고 있으면 총알이 두 다리 사이로 날아와 박혔다. 남정네들이란 먹을 때는 달려들지만 긴 행군에 무거운 짐은 하나같이 지려 하지 않아 부아도 나고 해서 일부러 뒤처져 있을 때 일어난 일이었다.

새벽에 청천강을 넘으려 서두르는데 해가 솟아오르기 시작했다. 다르륵 다르륵 총알이 뒤에서 날아왔다. 다행히 소련 당사黨史며 레닌 어록 같은 책을 잔뜩 배낭에 지고 다닐 때여서 책 덕분에 총알이 몸까지 닿지 않았다. 물집으로 걷지 못해 바위 하나에 몸을 의지해 엎드려 조금 쉬는데 하늘에서 정찰기가 스윽 지나가더니 폭격이 쏟아졌다. 앞서가던 사람들의 몸뚱이가 하늘 위로 날아다녔다. 목 잘린 사람, 창자 빠진 사람, 팔다리 잘린 사람이 벌판을 덮고 있을 때 바위 뒤쪽에서 누가 부르는 소리를 들었다. 창자가 나온 사람이 제발 자기를 쏴주고 가라는 것이다. 국군이었다. 여기저기 총을 맞아도 결정적인 한 방이 없어 부지한 목숨. 그러나 나는 차마 그를 쏠 수가 없었다. 전쟁터에서는 총알이 사람을 피해주는 것이지 사람이 총알을 피할 수는 없다는 걸 알았다.

황해도 사리원을 지나가는데 공중에서 기름을 뿌려 폭격하니까 소, 말 할 것 없이 다 불에 타 죽어 나자빠졌다. 그믐에는 평안북도 구성 탄광촌으로 들어갔다. 임시로 항공사령부를 툭툭 짓고 내게 66명의 기사와 관계자들까지 100여 명의 식사를 담당하는 일이 주어졌다. 신의주까지만 가면 끝인 줄 알았는데 만주 안동 지방까지 후퇴했다가 중공군을 따라 다시 신의주로 나왔다. 기관 사람들과 헤어지면서 송별회를 할 때 난 주는 술을 받아서 아래로 쏟아버렸다. 그러면 간부들이 한마디씩 했다.

"보기에 술 담배 잘할 것 같은데 고집 피워서 안 먹는 거지비?"

"통일돼서 완전히 자릴 잡아놓고 술도 먹고 담배도 피우고 하지, 지금은 갈팡질팡하면서 어딜 술 담배를 찾는 것이오?"

거기서 우연히 서대문 형무소에 같이 있던 애월 여자와 이정숙을 만났다. 단순 피난민이라 마땅히 소속시킬 곳이 없어 애월 여자는 농민위원회로 보내주었다. 이정숙은 전투 경험이 있어서 중공군으로 바로 편입되었지만 제주에서 온 피난민 여자들은 사투리가 너무 심해서 마땅히 거둘 데가 없으면 중공군 후송 부대에 빨래하는 사람으로 배치되는 걸 봐서 내 딴에는 신경을 쓴 것이다. 그곳에 가면 죽도록 고생해야 했다.

3·8 부녀절*에 주석단에서 대중연설을 했다. 100명만 모으면 메달을 준다고 했는데 350명이 모여서 공훈 메달을 받았다. 소련 당사를 공부하는데 사람 이름이 여섯 글자가 넘어 외우느라 고생하고, 보고서를 낭독하는데 달달 떨렸지만 결과는 좋았다.

거기 사람들은 책상머리에서 공부한 것이 이론밖에 없어 이론들은 참 좋다. 이론에 해박한 중학생 아이가 비행기 기사들과 앉아서 토론을 하는데 기사들 모두 두 손 들었다. 나보고도 이론만 좀 더 공부하라고 했다. 한 3개월 열심히 하다가 중공군과 함께 내려오니 중앙여맹에서 개풍군 여맹위원장으로 가라는 명령이 떨어졌다.

* 사회주의자와 페미니스트 들에 의해 정치적 행사로 시작되었는데, 1975년 UN에 의해 '세계 여성의 날'로 공식 지정되었다.

개풍군에서 일하며 북한 인민들의 생활이 제주도보다도 훨씬 못하다는 데 놀랐다. 북한은 수력자원도 풍부하고 지하자원도 많은 곳이라고 당에서 자랑했는데 정작 인민의 집에는 전기도 들어오지 않았고, 방 하나에 불을 때서 며느리고 시아버지고 열 명이 넘는 대가족이 커다란 이불 한 채로 같이 자는 집이 많았다. 제주에서는 시아버지와 며느리가 한 방에 자는 일은 없었다. 북한 인민들을 보고 있자니 고향에 두고 온 목화솜 두둑한 이불이 생각났다.

인민들은 도토리를 따서 양식으로 쓰고 강냉이밥을 먹었다. 다른 동네를 가보니 강냉이를 양쪽에 따로 다듬어 놓고 있었다. 한쪽에 잘 다듬어놓은 것은 인민군들에게 보낼 것이고 다른 한쪽은 자신들이 먹는다고 했다. 개풍군에서는 옥수수가 팔뚝만 해서 하나 구워 먹으면 밥 생각이 없어졌다. 그들은 보고서를 올려야 하는 나의 눈치를 살피며 슬쩍 불만을 얘기했다.

"날래날래 조국통일전쟁이 끝나야 하지 않겠습네까. 이 강내이 맛 좀 보시라요."

"토지를 받고 처음에는 좋아라 했지비. 그런데 논두렁 같은 데 고추를 심어도 그것도 나라 땅이니끼니 십일조를 바치라 하지비. 길세 이런 것들도 다 바치라 카믄 누가 새벽버텀 일하갔시니까?"

면에 지도원을 보내도 보고가 안 올라와 애가 타는 산골마을이 있었다. 일은 진행이 안 되지, 당에서는 독촉하지, 밤 산길이 위험하다고 유명한 곳임에도 죽으면 죽고 살면 산다는 마음으로 밤길을 나섰다. 마을 여맹원들에게 지시를 내리고 돌아가는데 마을 사람들이 기겁을 했다. 여우가 많이 나는 골이라 밤에는 못 다닌다고, 날이 밝으면 돌아가라고. 그래서인지 당에서도 말렸던 곳이었다.

"아주마이 위원장 동무, 이제 가면 여우가 나올 시간이야요. 길지 말고 누추하지만 자고 가시라요."

"상부에 말도 안 하고 나와서 오늘 꼭 돌아가야 합니다."

"혼자 몸으로 되갔이니까?"

"할 수 없지요."

걱정하는 사람들 중 백발이 성성한 노인이 용기를 줬다.

"기카믄 울음소리가 많이 나거들랑 그 자리에 섰다 가시라요. 여우는 말 떼같이 나왔다가도 숲으로 들어가는 시간이 있이니끼니."

돌아오는 20리 길에 행인 딱 한 명을 만났을 만큼 벽촌이었다. 지나는 사람은 없고 밤은 깊으니 자연스럽게 생각에 잠겼다.

'계급사회에서 무계급사회를 만들기 위해 우리는 싸우고 있다. 그런데 지금도 계급이 눈에 훤히 보인다. 간부들과 일반 인민들의 차이. 간부들은 이 전쟁을 이기려면 계급 차이는 어쩔 수 없다고 한다. 전쟁이 끝나면 부자와 가난이 없는, 남녀차별이 없는 평등사회가 과연 올 건가…….' 이런저런 생각에 무서운 줄도 모르고 여우고개 넘어 당본부에 도착했다. 다음 날 아침에 보고를 올리자 당지도원은 화부터 냈다.

"메요? 당신 몸이 당신 것인 줄 아넨? 간부 한 명 양성하려면 3년으로도 모지래는데, 어드러케 밤에, 그것도 혼자? 이 동무 아니 되겠구먼."

중앙여맹 회의에서 만난 김일성

중앙여맹 회의에 참여하러 평양 시내에 가보니 그 많던 집들이 폭격으로 하나도 없었다. 자세히 보니 땅 위로 굴뚝이 요만큼씩 나와 있고 거기서 연기가 퐁퐁퐁 솟아나왔다. 모든 일이 지하에서 진행되고 있었는데, 지하 벙커의 규모는 상상을 초월했다. 하얗게 칠한 건물에는 중앙여맹 위원회 사무실과 당 간부 집무실, 심지어 영화관까지 갖춰져 있었다. 북한 지도부는 해방 후 5년 동안 전쟁 준비만 하느라고 인민들의 삶에는 신경을 안 쓴 것 같았다. 중앙여맹위원장 박정애는 얼굴에 살이 없고 얍지랑한(얇은) 모양새로 볼품은 없었으나 간부 자격이 있는 사람이었다. 흰 옥양목저고리와 검은 치마를 입었고 오십은 돼 보였다. 우리를 안내하는 사람이 "평양은 2킬로미터마다 숨을 피난처가 있고 밤에 공습을 받으면 뒷날 다 고쳐놓아 그것이 적을 미치게 만든다"라고 자랑했다. 중앙여맹위원장의 안내를 받으며 당 본부 사무실로 들어갔을 때 키 크고 잘생긴 얼굴의 사내, 김일성이 웃고 있었다.

"제주에서 올라온 개풍군 여맹위원장입니다."

"오시느라 수고했시다. 고생 많았시오."

김일성 옆에는 얼굴이 새카맣고 가시 돋은, 자그마한 체구의 여성이 웃고 있었다. 비서인가 싶었는데 그가 "제 아내 김정숙입니다"라고 소개했다. 역시 흰 저고리에 검은 통치마를 입고 찌들어 있는 듯한 모습으로, 사람 전체가 검게 보였다. 중앙여맹위원장도 인물이 있는 사람은 아니었지만 김정숙은 참 외모가 볼품없었다. 김일성이 다정하게 물었다.

"금년 몇 세십니까?"

"1911년 4월 12생입니다."

"아, 나보다 1년 앞서니 누님이라 불러야겠습니다. 일하는 사람은 인상이 80프로인데 누님은 인상이 좋아 대중활동을 잘하겠습니다."

그는 말끝마나 "우리 영웅"이라는 말을 붙였다. 김일성은 체격이 우람했고 말은 매우 구수했다. 방을 나와 영화관으로 가는 길에 호기심이 나서 박정애 위원장에게 물었다.

"중앙위원장 동무, 어떻게 김일성 동지는 저렇게 못생긴 부인을 했을까요? 부부 인물 차이가 너무 나서……."

내 솔직한 물음에 박정애 위원장도 웃었다.

“만주에서 빨치산 투쟁할 때 정숙 동지가 백발백중 헛총을 쏘는 일이 없었대요. 총질을 잘해서 반했답니다. 그 생각을 안 잊어먹으니까 살아진다 하더군요.”

“허기야 우리 작은어머니도 얼굴이 말도 못하게 궂은 사람인데 금슬이 참 좋았지요.”

경기도에만 군이 열두 곳이 있는데 중앙이 갈라져 있을 때라 모든 시군에서 오지는 못했지만 열두 명은 모인 것 같았다. 여맹위원장들이 모여든 영화관에는 소련 영화가 상영되고 있었다. 화면에서는 기계로 벼를 베면 기계 속으로 들어가 볏대는 자기대로 묶어지면서 바로 쌀이 떨어져서 미끄럼틀로 내려오고 있었다. 나는 어처구니가 없었지만 속으로만 생각했다. ‘미친놈들, 며칠 밤낮 걸려야 되는 일을 하루에 하는, 세상에 저런 기계가 어딨어?’ 집단농장의 벼 수확 장면을 삐딱한 눈으로 보았다. 겉만 번드르르한 북한에 신물이 난 나는 이제 새로운 세상에 대한 믿음은 사라져가고 부모형제의 원수를 갚고야 말겠다는 복수심만 커지는 것을 느꼈다.

다시 체포되다

간부양성소*에서 밀봉교육** 3개월 과정을 받고 나오니 섣달그믐이었다. 교육을 받는 동안 내가 탐색하며 뚫은 민가는 개성에 있는 아들이 남으로 내려간 목사 가족 집이었다. 그 집에서 정월에서 5월까지 살며 예성강을 건너 장사를 다녔다. 개성 옷감을 연백에 가서 팔면 2~3배 이익을 남겼다. 계란 한 줄을 짚으로 엮어 팔면 두 배 장사가 되었다. 연백에서는 동그란 엿 한 근에 150원인데 개성 가면 300원을 받았다. 연백으로 나갈 때 한 짐 지어서 나가고 개성 돌아올 때 한 짐 지어서 오면 성공. 거기서 차비만 떼면 남는 거니까 중간에 소매치기만 당하지 않으면 이익이 크게 날 때도 있었다. 연백서 남쪽 내려가는 길을 탐색하면서 그렇게 15만 원을 모았다.

그러던 어느 날 당에서 가假부인으로 남쪽에 가라는 명령이 왔다. 나는 반발하였다.

* 남파할 간부들과 유격대원을 훈련시키기 위해 창설한 정치군사 간부훈련소로, 주로 월북한 남한 출신 사람들로 구성되었다.

** 주로 북한에서 대남간첩 양성에 사용되는 교육법으로, 외부와의 접촉을 끊고 비밀리에 행해지는 교육을 가리킨다.

"가부인 말고 진짜 부부로 보내주시오."

"위원장 동지, 건방집네다."

"정말 동무 아니꼽네요."

"당의 명령입네다."

"당의 명령이라 해도 못 해요. 다른 건 다 해도 그건 못 해요. 아니, 젊은 남녀가 한 달 두 달 걸릴 지 일 년 이 년이 걸릴지 모르는데 한 방에서 한 이불 덮은 거짓 부부로 어떻게 살아요? 당신은 할 수 있겠소?"

다음 날 지도자가 다시 불렀다.

"다시 생각해봤댔소?"

"생각은 무슨 생각, 난 한번 마음먹으면 그걸로 끝이요."

"그럼 쉬고 있으라요."

여비라고는 달랑 300원을 주며 자기 능력으로 구멍을 뚫어 남으로 내려가라는 지령이 떨어졌다. 당의 명령이라면 하는 수 없이 가야 한다. 나에게 내려온 인천에서 선을 달아* 부산으로 내려가 다시 월북하는 것이었다.

* 당시 비밀리에 만나 당의 임무를 수행하는 것을 '선을 달다'라고 표현했다.

그날은 비가 와서 하루 쉬는데 마침 집주인 아들 생일이었다. 집주인이 잠시 들른 나그네에게 떡을 대접하니 주인집 식구 토정비결을 봐주며 내 운수도 봐주겠노라 했다.

"호령광풍이 불어서 내 머리에 썼던 모자가 어디로 갔을꼬?"

"무슨 뜻이요?"

"내 오십 평생 이런 사주는 처음입네다. 남쪽으로는 가지 마시구레."

"남쪽으로 뭐 하러 갑니까?"

"아무튼 점괘가 기렇게 나왔으니……."

나그네는 주인집 아들 사주가 좋다는 덕담을 하고 떠나는 길에 나를 보고 다시 한마디했다.

"아주머이, 금년에 남쪽으로 가면 안 되갔습네다."

속으로 뜨끔하였다. 이미 3개월 밀봉교육을 받고 오늘내일 살피는 나를 파악한 것 같은 말이었다. 남으로 나올 때 지도부에서는 인텔리 행세를 해야 하니까 옷은 근사하게 입어야 한다고 했다. 그래서 새 두루마기와 오바, 유동

치마 몇 벌을 챙겼다. 당에서 남쪽 도민증을 흉내 내서 만들어줬다. 그런데 제대로 흉내 내지도 못해서 피난증도 하나 만들어갔다. 그렇게 위조한 것들로 남쪽으로 내려갈 수 있었다. 그때만 해도 남쪽이 어수룩했다.

원래 공작 장소는 부산이었다. 인천 왜관극장 남자 화장실에서 선을 달아 부산으로 내려가야 했다. 벌써 남자 화장실에 군인들이 보초를 서 있어 접근이 어려웠다. 모른 척 들어가려 했을 때 젊은 군인은 정중하게 막았다.

"여기는 남자 변소입니다. 반대편으로 가세요."

매달 초하루가 접선 날짜였다. 양력 5월 초하루에 내려와 매달 초하루에 만나기로 했는데 6월과 7월에 실패했다. 8월도 선을 못 달면 그냥 뜨려고 했다. 인천 시장에서 물건을 떼다가 이 마을 저 마을 다니며 장사를 하다가 8월 초하룻날, 가발 쓰고 남장한 채로 극장 주위를 어슬렁거리는데 어깨를 탁 붙잡혔다. 정보가 샌 것이다.

4

다시 교도소에서

특무대*에게 체포되어 육군형무소로 넘겨진 나는 청산유수로 준비해둔 말을 늘어놓았다. 내 이름은 김승자인데 황해도 청진에 살고 피난 내려와서 딸이 부산 산다고 해서 찾으러 가는 길이라고, 완전히 황해도 말로 했다. 발음이 자꾸 이상하게 나오려고 해서 애를 먹었지만, 법 공부를 할 때 세 번만 똑같은 말을 하면 무죄석방이 될 수 있다고 배웠다. 죽도록 고문해도 황해도 말을 쓰며 똑같은 말을 했기에 며칠 후면 곧 석방되겠거니 하며 기다렸다.

* 육군에서 대간첩 업무와 수사를 관장하던 부대.

그날은 일요일인데도 교도관이 불러 고진숙(가명)을 아느냐고 물었다. 그 순간 간이 설렁해졌다.

"모르겄십네다."

"정말 몰라요? 얼굴 보면 알겠지?"

"혹 얼굴 보면 알지는 모르겠으나 이름만 들어서는 당췌 누군지 모르겄십네다."

간이 바짝 타들어갔다. 몇 분이나 지났을까, 교도관은 꾀죄죄한 여자를 내 앞에 세워놓고 나를 잘 설득해보라는 명령을 남기고 나갔다. 전에 같은 감방에 있던, 신의주에서 만난 여자였다. 사투리가 너무 심해 배치할 데가 마땅치 않아 농민위원회로 편입시켜준 여자가 1차로 남파되었을 줄이야. 그 여자는 경기도 가평 출신의 개풍군 선전부장의 가부인으로 내려왔는데 체포되자 고문에 지쳐 다 불어버린 것이다. 여자는 미안한 듯 배시시 옆에 서서 한마디 말도 못했다.

"야, 참 잘 살라. 한라산 골짜기가 뼈로 무덤 되고 피로 시냇물이 되었는데, 어째서 너만 살겠다고 그렇게 하냐? 너 혼자 잘 살아서 조으켜(좋겠다). 이년아, 꼴도 보기 싫으니 당장 나가."

며칠 간 죽음의 문턱을 넘은 고문을 견딘 것이 아무 소용도 없게 된 순간이었다.

거짓말이 탄로나자 다시 혹독한 고문이 시작되었다. 마지막에는 자궁 고문까지 당해 석 달 동안 앉지 못하고 잠도 못 잤다. 고문후유증과 신경쇠약이 겹쳐 교도관이 준 수면제를 먹어도 소용없었다. 교도관 중에는 같은 편도 있었다. 자기가 신던 양말을 몰래 벗어서 넣어주고 비타민제도 하루 아홉 알씩 챙겨줬다. 통증 완화 주사를 신청했는데 값이 비싸서 안 오는 것 같다며 나중에는 당신 돈으로 사서 놔주었다. 어디서나 같은 사상을 가진 사람끼리는 그렇게 아껴주었다.

몸이 움직일 때쯤 대구형무소로 이송되었다. 거기서 가평군 어느 면 여맹위원으로 있던, 나한테 엄마라고 부르던 아이를 만났다. 세면 나가서 만나 서로 말도 못하고 헤어졌는데 나가면서 옆구리를 툭 치며 "엄마 죽었다고 했는데 어떻게 살았어?" 하는 것이다. 나중에 하는 말이 누가 내 옷을 입고 "이 옷 임자 김진언이는 죽었다"라고 해서 그런 줄 알았다는 것이다. 다시 서대문형무소로 옮겼을 때 나는 처음으로 딸이 있는 고향에 편지를 썼다.

특무대에 잡혀 육군형무소로 들어간 1952년 8월부터 1960년 4·19 때까지는 정신이 없었다. 나는 교도관들 몰래 해야 할 일이 있기 때문에 광주 올 때까지도 내 정신이 아니었다. 그때는 '내가 죽어도 이 원수를 갚아서 죽겠다'는 생각뿐이지 자식이고 뭐고 없었다. 요것만 집중했기 때문에 그만큼 절실했다.

징역살이 하는 500명 여자들은 못하는 게 없었다. 뭐라도 해내라고 하면 다 해냈으니까. 의무과에 문제가 있어 함께 단식투쟁을 하려 할 때였다. "의무과에서는 어떻게 아프면 맨날 아스피린만 준다. 감기약 주라고 하면 다른 걸 준다" 이렇게 말하면 절도나 강도로 아편을 해서 들어온 사람도 약에 대해서 불만이 많으니까 동조했다. 그래도 500명이 한입으로 "의무과에 불만이 있어서"라고 하며 단식을 하기까지는 3년이 걸렸다. 일광욕을 가서도 담당자 눈을 피해 공작해야지, 공작하라고 책임지운 사람도 돌봐야지, 항상 마음이 겁나는 생활이었다. 한번은 같이 영화 보는 시간에 다른 사람에게 주려고 암호로 된 글을 쓰다가 깜박 졸았다. 그러자 아버지가 꿈속에 나타났다.

"너 그거 못 치우겠느냐. 죽을 거면 혼자 죽어라. 몇 사람 죽일 작정이냐?"

그때는 아버지가 고향에 살아 계실 때였다. 그 꿈을 꾼 다음에도 보고할 것을 쓰고 잤는데, 꿈에 또 아버지가 나타나서는 그거 안 찢겠냐고 화를 내며 내 빰따귀를 착 때렸다. 깜짝 놀라 깨어 어쩔까, 어쩔까 하다가 '에이, 그냥 한 번 가져가지 말자' 하고 그걸 변소 천정 위에 숨겨두고 나갔다. 영화가 거의 끝나갈 무렵, 저쪽에서 한 사람이 쓰고 있던 걸 들키자 입속에 넣고 씹었다. 기운이 없으니 침이 잘 안 나와 삼키질 못하고 있을 때, 교도관이 따귀를 후려쳐서 입안에 든 걸 뺏었다. 하지만 펼쳐 봐도 암호니까 무얼 알 수 있겠는가. 말 한마디를 한 글자로 만들었으니 절대 모른다. 그날은 방에 돌려보냈는데, 다음 날 나를 독방으로 불러내 취조했다.

"난 모른다. 난 일자무식인데 어떻게 알 수 있느냐"

무조건 아니라고 해도 3개월 징벌을 줬다. 그 징벌을 견디고 나왔는데, 책임자들에게 지시가 또 내려왔다. 와중에 어떤 여편네가 다른 일로 발각되었다. 이북에서 1·4후퇴 때 내려온 사람인데 다른 사람에게 줄 연락을 그 여편네가 받아놓고 보다가 깜박 잠든 것이다. 이걸 어디서 받았냐고 추궁하니까 내가 줬다고 했다. 환장할 노릇이었다. 나와 대면한 자리에서도 내가 줬다고 거짓말을 해서 손에 총이 있으면 쏘아 죽여버리고 싶었다. 여자 교도관이 나를 붙잡고 끝까지 거짓말을 한다고 벽에 밀쳐댔다. 그런 상황인데도 끝까지 버티고 나오라는 지시를 받았다.

"버티는 것도 정도가 있다. 자기가 한 일은 자기가 책임져야지, 엉뚱하게 내가 왜 책임져야 하느냐?"

"어쩔 수 없었다. 그 사람이 약해서 센 데로 밀어준 건데."

하는 수 없이 또 복작 두드려 맞고 독방에서 6개월을 살았다. 자신이 한 일은 죽어도 본인이 책임져야지 남을 물고 가면 안 된다. 한번 그렇게 하다 보면 연달아 말하게 되니까, 자기 일 말고는 아예 모르고 말도 말아야 한다.

징벌받고 나오니 나를 공장에 안 보내고 격리 방으로

보냈다. 그곳에 가니 내 일만 책임지면 되어서 얼싸 좋다 했다. 위에서 1년 계획을 세운 것을 보내달라고 해서, 일광욕 시간에 쓰레받기에 보고 내용을 두고 나와 다른 사람에게 전했다. 그러다 들켜버려서 동아줄로 손목을 묶여 독방에 보내졌다. 낫 놓고 기역 자도 모른다는 내 말을 교도소에서는 믿었는데, 이번에는 확실히 걸린 것이다.

독방은 방이라고 해도 유리창이나 제대로 있나, 국물이라도 한 사발 주면 배 불건데 밥도 부실해서 배가 고파 살 도리가 없었다. 손이 묶여 있어도 개같이 엎어져 어떻게 밥은 먹는데, 겨울에는 얼음이 쨍쨍해져서 눕지도 못한다. 영하 25~26도로 내려간 바닥에 걸레이불 하나를 두르고 밤새 빙빙 서서 돌았다. 배가 고프면 이 구석 저 구석을 찾아봤다. 누가 뭐라도 갖다놓았을까 봐. 그래서 지금도 나는 밥통에 밥 한 톨 못 남긴다. 물을 넣어서라도 빼 먹지, 확 씻어서 버리질 못한다. 그때 배가 고파 죽었던 사람들을 생각하면 그 영혼들이 이렇게 배 불고 사는 날 보고 뭐라고 하는 것 같다.

제일 힘든 것은 젊을 때니까 여자 하는 것을 처리하는

일이었다. 요즘 같으면 휴지라도 사서 할 건데, 어떻게 해도 서답(빨래)을 해야 하니까. 손을 뒤로 묶은 상태에서는 도저히 할 수가 없어서 소지*들한테 맡겨 빨았는데 소지들이 나를 더 미워했다. 전에 갇혔을 때는 직원이 따라가는 조건으로 나가서 해결하게 해줬는데, 이번엔 정말 어찌해볼 재간이 없었다.

어느 날 우리 조카사위가 면회 와서 돈 5천 원을 집어넣고 갔다. 내가 사람을 이용해보지는 않았는데 '소지들을 한 번 이용해볼까' 하는 생각으로 세숫비누 하나씩을 사 줬다. 그제야 국건더기가 몇이 오는가 알게 되고 밥 부스러기도 조금 더 줬다. 그래서 다시 런닝을 하나씩 사줬다. 그러자 밥이 실컷 먹고 남을 정도였다. 사람이 먹어야 살지, 안 그러고서는 견딜 재간이 없다. 손을 앞으로 묶고 1년, 뒤로 묶고 1년, 그렇게 2년 동안 밧줄을 차고 살았다.

* 교도관의 업무를 보조하는 사람.

나의 선생님, 박선애

박선애는 나를 어머니, 어머니 하고 부르며 공부시켜준 사람이다. 내가 1952년에 들어갔으니까 한 1955년쯤 만난 것 같다. 격리방에 들어가기 전까지 3년을 함께 지냈다. 나처럼 어지러움병이 있던 아이인데 그렇게 몸이 약했다. 키가 조그마하고 얼굴은 동그랑하고 곱슬머리였다. 누구는 곱슬머리는 까다롭다고 하는데, 그건 헛소리다. 무척 얌전하고 하나밖에 모르는 사람이었다. 시간도 1시간이면 1시간, 1분이면 1분 에누리 없이 철저했다. 그때는 처녀였고 어릴 때 하나 있는 오빠한테 교양을 많이 받은 모양이었다. 독립운동가 집안 출신이라고 했다.

> 1952년 체포되어 10월에 대구형무소 가니 9·18 부대들이 옷을 갈아입혀 줬어요. 이적국방경비법**으로 들어온 사람들이 공작반으로 넘어오는데 거기 김진언 씨가 있었죠. 그분은 1953년에 안동 갔다가 1955년에 서대문형무소를

** 1948년 공포된 육군형사법. 1962년에 군형법이 제정되면서 폐지되었다.

신축할 때 다시 만나 58~59년까지 같이 지냈어요.

박선애

박선애는 철두철미한 사람이었고, 그래서 나와 잘 맞았던 것 같다. 그때 난 공부를 못 해서 안달이 난 때라 공부를 가르쳐달라고 애걸복걸했다. 젊은 아이들하고 같이 공부하는데 한자를 하나도 몰라서 마루에서 하루에 다섯 자씩 쓰며 외웠다. 공장 가서 일하다 점심시간이 되면 또 쓰고 저녁에 오면 달달 외웠다.《세계사 개관》《우리나라 국사》등 교도소에서 들여주는 책들은 다 공부했다. 동양사와 서양사는 물론 지리부도까지 들여보내줬다.

박선애는 고등학교까지만 나왔는데도* 어떤 공부라도 잘 알고 가르쳐주려 애쓰고, 오는 사람을 본인 수준으로 만들려 했다. 항상 웃으면서 사람들 눈에 띄게 행동하지도 않았다. 어떤 흠도 없는 사람 같았다. 박선애를 생각하면 지도자란 그 정도는 되어야 한다고 본다. 나하고 그 사

* 사실 박선애는 제도 교육을 거의 받지 않았다.

람은 같은 정신이었다.

교도소에서는 머리가 팽팽팽 돌아가야 해요. 사람을 만나는 것도 눈 한 번 맞추는 것도 얼마나 마음이 흐뭇한지, 어떻게 해서 기회 잡아 빨리 눈 한 번 맞춰야 만날 수 있지요. 묶여 가면서도 어딜 가면서도 눈을 맞추는 것. 눈을 맞추지 않으면 동지가 아니에요. 말을 할 수 없는 상황이었으니까.

박선애

교도소에서는 공부도 자기 재수라서, 가르쳐줄 사람이 없는 방에서는 펀펀 놀고 지낼 뿐 배울 수 없었다. 또 간수들이 들여준 책 외에는 공부도 못했다. 나는 운이 좋았다. 책도 읽고 일광욕 시간에는 다른 공부를 했다. 그렇게 열심히 해서 잘하게 된 한자인데 지금은 한 자도 기억이 안 난다. 지금 생각하면 책에서 배웠으면 온전히 내 것이 되었을 건데, 쓰지는 못해도 읽기는 했을 텐데 마루에 쓰며 외워서 그런 것 같다. 사람은 젊어서 배워야 한다. 머리에 수건을 동이고 방에 들어가 책 보고 한자를 써도 어릴 때

학교에서 질서로 배운 글이라야지, 늙어서 배우면 기억에 있길 하나, 이젠 다 잊어버렸다.

> 할머니는 앞에 나가서는 잘할 사람입니다. 선동력이 있어요. 하지만 솔직하지 못한 점이 있었어요. 교육에는 소홀하고 당원 확장에만 신경 썼고요. 북에서 그렇게 공부하고 왔어도 줄기를 못 잡아요. 이렇게 기초가 없는 사람을 어떻게 보냈을까 걱정되었죠.
>
> **박선애**

교도소에서는 별일이 다 일어난다. 똥구멍으로 숨 쉬어서 살아난 사람도 있었다. 그 사람은 의과대학 나온 멋있는 처녀로 얼굴도 파랗고 건강하지 못해서 병실을 드나들다 죽어서 들것에 실려나갔다고 했는데, 나중에 들리는 말로는 살아 있다는 것이다. 번듯이 내놓고 돌아다닌다고, 몸 건강히 살고 있더라는 박선애의 편지를 받았다.

교도소에서 성격 나쁜 이들 중에는 어째선지 고아 출신이 많았다. 6·25 전쟁고아들이 어찌나 많은지. 그 어린 것들이 부모형제 다 잃어버리고, 제대로 얻어먹지 못하고 양키들 좇아 다녔으니 사람 노릇이 말이 아닌 것이다. 그런 고아 출신들이 제일 어려웠다. 사랑이 부족하니 내가 누군가를 더 가까이 사랑하면 그걸 못 견뎌서 잘못도 없는 사람을 밀고해버리는 것이다. 칫솔을 주더라도 똑같이 줘야 하고, 수건 하나 비누 한 개도 다른 사람을 먼저 줬다가는 큰일이 났다.

내게 구렁이 담 넘어가듯 한다고 했지만, 자신이 살기 위해서는 다른 거짓말은 안 해도 법정에서 거짓말은 얼마든지 할 수 있다. 법정에서 꾸며대지 못하는 건 바보다. 머리가 착착착착 돌아가야 한다. 무기를 받아도 4년* 받았다고 상고하는 배짱 같은 것 말이다. 대법원에서 "피고인 김진언" 하고 부르더니 "피고인에게 4년 준 사람은 당신을 상당히 예쁘게 본 사람이다. 아주 예쁘게 봐도 15년 아래로는 못 준다"라고 했다.

4년 줘도 많다고 상고해서 대법원까지 갔는데, 판사가

* 김진언 할머니는 4년이라고도 하고 7년이라고도 했다.

징역 살면서 잘못을 하면 도로 앉힌다고 한 말을 까맣게 잊어버렸었다. 만기 조사도 하고 옷까지 찾아온 날, 사람의 직감이란 참 무시할 수 없는 것이었다. '미친년, 가길 어딜 간단 말이냐'라는 말이 스스로 자꾸 나왔다. 모레면 석방인데 법무감실에서 나를 부른다고 했다. 늘 보던 소지가 차를 내주면서 "왜 이렇게 되었소?" 물었다. 법무관이 물었다.

"어째서 6·25 전에는 이름을 으뜸 원 자로 해놓고 지금은 언 변 자를 쓰느냐?"

"내가 으뜸 원 자 쓰고 언 변 자 쓴 것이 아니라 나는 어디까지나 언 변 자다."

"그러면 왜 6·25 전에는 으뜸 원자냐?"

"아, 쓰는 놈이 썼지 내가 썼냐?"

자기들도 한바탕 웃으며 내가 골난 줄 알아 미안하다고, 다른 게 아니라 글자 하나가 틀렸기 때문에 불렀다는 거였다.

"징역을 살아도 내가 살아야 할 것이고 당하면 내가 당할 것인데, 왜 바른 말을 안 하느냐?"

"그것뿐이다. 다른 것은 없다."

척 봐도 시치미를 떼길래 내가 한숨 돌리고 다시 물었다.

"어째서 나를 불렀느냐?"

"사실 무기가 돌아왔다."

"무기를 훔쳐놓고 징역을 받은 것도 아니고, 법대로 4년을 받았는데 무슨 법이 그러냐?"

"그러게 징역을 곱게 살지."

그렇게 한소리를 하는 것이다. 그때는 답할 말이 없었다. 교도소에서도 활동을 했기 때문에 다시 무기를 받은 것이다.

알고도 검사가 4년을 준 거예요. 6·25 때는 잔형이 있는 걸 알고도 일부러 조금 줬으니까. 대구서도 봤어요. 1949년에 들어와 5년 형을 받고 북으로 갔다가 다시 체포돼서 2년 형을 받은 사람이 있었어요. 출소 후 군인과 결혼하기로 약속했는데 5년 형을 또 받았죠. 전향, 비전향도 형기와는 관계가 없어요. 진언 할머니를 4년 준 것도 잔형이 있는 걸 알고 일부러 조금 준 거고, 어차피 검사가 4년 살라고 해도 남은 형기를 다시 살아야 돼요. 그래서 내가 진언 할머니한테 받은 형과 관계없이 무기를 살 것이라고 누누이 말했는데 믿으려고 하질 않았죠. 6·25 후에 구형된 것은 문제가 안 되는데 그 전에 선고받은 게 문제예요. 6·25 때 나온 걸 탈옥으로 봤으니까. 진언 할머니 같은 분들은 4년 살고 나와야 한다고 생각하니 우리 앞에서 불평을 해요. 우리 잘못으로 자기가 징역을 더 살게 됐다고, 우리에게 가담만 안 했으면 자기는 빼줬을 거라고 생각하는 거죠. 노래도 잘하고 춤도 잘 추고 활발한 분이었는데, 나중에는 주위에 사람이 없게 됐어요. 올바른 말을 해주는 사람을 받아들이지 않으니까.

박선애

일주일 동안 밥도 물도 안 먹었다. 그때는 하늘과 땅 구분이 없는 것 같았다. 그래저래 스무날이 지났을 때, 밥은 먹어야겠고 죽지도 못할 것이고 이제 어떻게 할지 생각이 돌아오는데 거울을 보니 머리가 하얗게 세어 있었다. 고통스러워도 머리가 세는구나, 그때 알았다. 내가 박선애에게 섭섭한 것이 한 가지 있었다. 내가 무기로 돌아앉을 때 우리 딸이 진정서를 들였는데, 진정서도 전향과 같은 것이라 하는 것이다. 그때는 그따위로 하면 사람이 살아지겠느냐고 했다. 박선애와는 내가 광주교도소로 오면서 헤어졌다. 박선애는 그때* 나왔고 마흔 살이 넘어서 결혼을 했다.

전향이 남긴 것

4·19 나던 해 3월에 광주교도소로 이송됐다. 거기서도 나를 독방에 집어넣었다. 내가 가만히 지내면서 전향문을 안 썼다면 밉지는 않았겠지만, 별별 일을 다 겪고도 그러고 있으니 밉보였을 것이다. 그때 다른 재소자들은 다들 감형해줬는데, 나만 감형도 안 해주고 강가로 빨래도 안 보내줬다. 그때 '더 고생하다 변절할 것이냐 지금 변절할 것이냐' 고민하다가 결국 '변절할 거면 지금하는 것이 낫

* 박선애는 1965년에 만기 출소를 해서 장기수 윤희보와 결혼했다. 1968년(42세)에 딸을 낳고 1975년 사회안전법으로 재수감되어 1979년 출소했다.

다. 옜다 모르겠다, 몇 줄 써서 내가 살아보다 죽어도 죽어야겠다'는 생각이 들었다.

제일 마음에 걸렸던 것은 뭐니 뭐니 해도 사상이었다. 고진희가 체포되자 광주경찰서 변소에 빠져 죽었다는 소식을 들었다.* 비밀과 사상을 지키기 위해 그 방법을 택한 것이다. 나도 10년 이상을 같은 사상을 갖고 싸워왔는데, '이것이 내가 살 길이냐, 정말 내 살 길이냐. 요 길이 살 길이면 가만히 있는 것이 좋은 거냐, 저기로 가서 죽는 것이 좋은 거냐' 판단하는 것이 괴롭고 오래 걸렸다.

> 지리산에 전남도당이 있을 때 고진희 씨가 전남 도여맹 일을 하러 와서 잠깐 만난 적이 있습니다. 키가 크고 미인에다 부덕婦德하니 귀부인형으로 영화배우 최은희 비슷하게 생겼어요. 사람을 끌어들이는 인력이 좋아서 포섭 활동을 잘했어요. 보통 활동하는 여성들은 여성다움이나 섬세함보다는 활동적인 면이 강하니까, 그런 연유들로 해서 다소

* 제주도 부녀부에 있던 고진희는 1948년 해주대회에 제주 대표로 참가했다가 한국전쟁 때 남하해서 지리산으로 들어갔다.

불협화음이 있었다고 봐요. 광주로 내려와서 일하다가 광주 경찰에게 잡혀서 변소에서 자살했습니다. 참 훌륭하게 목숨을 바쳤죠. 내가 잡혀 들어갔을 때 보니까 변소가 조그맣게 돼 있었습니다. 왜 그러냐고 하니까 그 얘기를 해요. 그 자살 사건 이후로 변소 구조를 완전히 바꿨습니다.

윤기남

몇 자 적고 지장을 누르고 나니 통곡이 나오고 도대체가 사람이 할 짓이 아니었다. 그걸 쓰고 '이젠 난 죽었다'라고 생각했다. 6·25 때 서대문형무소에서 나와서 보니 마포형무소에서 전향한 놈한테는 조직에서 밥도 안 줬다. 그 사람들을 파란 죄수복 입은 채로 낙동강 전선으로 보내버렸다.** 옷이나 벗겨주고 밥이나 먹여준 다음 보낼 것

** 북한군이 남한의 90% 이상을 점령했을 때, 모든 전력을 낙동강 전선에 집중시켰다. 낙동강 전선만 넘어서면 삼팔선 이남을 거의 장악할 수 있는 상황이었다. 그 희망에 사로잡혀 약 두 달 동안 낙동강 전선에서 수많은 군인이 죽어야 했다. 특히 이 시기에는 남북한 모두 제대로 훈련받지 못한 군인을 전쟁터로 보내 희생시켰다. 이 지역에 학도병 추모비가 세워진 것은 이와 관련이 있는 것이다. (박태균, 《한국전쟁》, 책과함께 2011, 207쪽 참조)

이지. 내가 제일 분하게 생각한 것이, 이 조직에서는 변절만 하면 인간으로 취급을 하지 않는 것이었다.

제대로 징역 살기 시작한 것은 대전이었다. 담당들한테 선생님이라고 부르는 걸 들으면 저런 것들도 무슨 선생이라고, 선생이라 부르기 싫어서 아무리 오줌 마렵고 대변이 마려워도 방에 가만히 앉았다가 남이 갈 때 뒤따라갔다. 또 아침에 공장 나가면 그들한테 머리 가벼이 숙이면 되는데 그게 그렇게 하기 싫었다.

그러다 큰 창고도 맡고 신입들도 받아서 처리하고, 하는 일이 하도 많아져서 거기에 집중하다 보니 대전에서 15년은 좋게 살았다. 12년 동안은 다른 담당들이랑 교대로 근무하고, 밥도 같이 먹고, 담당들이 벌을 못 줘도 나는 벌줄 수 있는 권한도 있었다. 거기서 노동에는 귀천이 없고 나쁜 일 좋은 일 따질 것 없이 다 배워둬야 한다는 걸 알았다.

교도소에서는 제일 많이 죽는 이유가 혈압이다. 혈압은 즐거워도 슬퍼도 안 되고, 추워도 더워도 안 된다. 그러다간 몸서리난다. 한번은 우리 방에서 밥 먹는 어른이 나 앞에 서 있다가 콕 쓰러지니 그대로 끝이었다. 밤에 자다가도 혈압에 죽었다고 하면 내가 나가서 수습해야 했다. 그런데 사람이 죽으면 몸이 길어지는지 들어올 때 입고 온 치마를 입히면 짧았다. 여사女舍에서 죽은 사람은 내 손으로 묶고 관에 들여놔서 못을 박았다. 그때 울지 않고는 박을 수가 없다. 금방 들어온 놈이 죽으면 청의*를 벗기고 영창에서 제 입던 옷을 찾아다가 입혀주는데, 우리같이 징역을 오래 산 사람은 그냥 청의를 입힌다. 그걸 관 안으로 넣을 때는 눈이 캄캄해진다. 남의 일이 아니라 내 일이라고 생각하게 되니까. 나도 언젠가 이럴 것인데 그땐 누구 손으로 해줄 것이냐 싶어서 관에 못질하고 방에 오면 한바탕 울게 된다. 만 24년 동안 시체를 150명은 묶어봤다.

여사에서는 번호 순서대로 누워야 했는데 담당들이 밤에 "몇 번" 하고 부르면 나가서 돌아오지 않고 새로운 재소자가 들어오는 무서운 시기가 있었다. 그래도 새로 온 사람이 배고파하면 부스러기 밥이라도 어떻게든 챙겨줬

* 여기서는 푸른색 죄수복을 뜻함.

다. 밤에 글을 쓰려면 세로로 누워야 하는데 우리한테 안 좋은 감정을 품고 있는 사람 앞에서는 그럴 수 없기 때문이다. 인간성 좋고 우리에게 애정을 붙인 사람은 결사적으로 비밀을 보장해준다. 인간성 나쁜 사람은 암만 잘해줘도 살짝 수틀리면 폭로해버리니 같은 방에 있어도 말을 하지 않게 된다.

> 진언 할머니도 누가 가라고 말을 안 해도 선두에 서서 갈 사람이었고, 실제 그렇게 했죠. 기본출신基本出身*이 잘 싸웠듯이 할머니는 앞에 나가서는 잘하는 사람입니다. 선동력이 있어요. 노래도 잘하고 춤도 잘 추고 활발하고 어디 가도 인물이 튀어 늘 주목받아요.
>
> **박선애**

교도소에서는 인정을 찾아볼 수 있었다. 사회에서 그런 인정을 보긴 어렵다. 여덟이고 열이고 같이 살면 자기 감

* 공산당 혁명을 수행하는 데 기본이 되는 계급의 출신.

방 사람이라 해서 어디 가서 뭐 하나를 받아와도 이녁 감방 사람 주지 다른 감방 사람 주지 않는다. 누가 15~30명 있는 방에 뭣을 조금 가져오면 요만씩이라도 꼭 나눠서 먹고, 그러니 징역 살아본 사람은 나가서 음식을 사도 나눠 먹어야 한다고 생각해서 꼭 넉넉히 산다. 콩 한 알이면 반쪽씩 나눠 먹는 데가 교도소고 동지라면 그렇게 사랑할 수가 없다. 목욕을 같이 들어가도 자기 언니같이 잘해준다.

교도소에서 나눠 먹는 풍습을 만든 것은 빨치산 출신들이었어요. 무엇이든 나누는 문화가 그때 생겼어요.

박순애

목간통에 가서 서로 등 밀어주다 보면 김진언 씨는 몸도 미끈하게 쏵 빠지고 얼굴도 잘생겼잖아요. 우린 미인 대회 나가라고 했어요.

박선애

1년에 한 번씩 가족좌담회라는 걸 하는데 아마 전향 교육의 일환이었을 거다. 좌담회 때는 집안 사람들이 통닭이니 불고기니 과일 따위를 지고 온다. 나는 수감된 지 7년쯤 되어서야 가족좌담회를 나온 것 같다. 육군형무소에 있을 때는 간수들이 남자라 그런지 여자들을 아껴줬다. 자기들 호주머니에 콩 볶은 것 있으면 주고 누룽지가 생기면 방마다 돌리고, 방 검사를 할 때도 본숭만숭 넘어가 버렸다. 그런데 대전교도소에 와서는 간수들이 같은 여자라서 그런지 방 검사하는 것도 콜콜히(샅샅이) 하고 머리까지도 검사해서 비위가 틀어져 머리를 싹둑 잘라 파마를 해버렸다.

징역도 5년 정도 사는 것은 경험이 될 수도 있다. 거기도 사람 사는 곳이니까. 인간 심리도 파악할 수 있고 배울 것도 있고. 그런데 너무 오래되니까 정신이 마비돼 맨날 보던 사람이 누구인 줄 모를 지경이 오고, 도대체가 사람 정신 상태가 아니게 된다. 구둣발 소리만 철칵철칵 나도 덜컥 놀라게 된다. 자기 마음속에 다른 게 없으면 몰라도 해야 할 일이 있던 나는 꿈에라도 종잇조각을 가지고 다녔기 때문에 정말 사람 할 짓이 아니었다. 요즘은 그때

귀 막아버리고 눈이 먼 듯 지냈다면 이렇게 되지는 않았을 거라는 생각도 든다. 고생을 사서 한 것이다.

하지만 나는 우리 집안 사람을 서른여섯이나 빼앗긴 사람이다. 내가 그 원수를 갚겠다고, 죽더라도 한번 해보겠다 한 것이 결국 이렇게 고생만 한 셈이 되어버렸다. 징역을 살긴 살아야 했지만 15년만 살았으면 될 것을 너무 오래 살았다. 멍청하기 때문에 그 안에서 그 고생을 했지, 똑똑했으면 얼른 치워버리고 차라리 편안했을 것을.

비전향 장기수*들을 보며

서대문형무소에서 대전교도소까지 같이 온 윤 소장이 있었다. 전라도 사람인데 나를 그렇게 아껴줬다. 창고지기로 내놓고 여러 일을 시켜봐도 뭐든 잘하니까. 또 금덩어리에 아예 욕심이 없는 사람은 없겠지만 나는 그런 것에 깨끗했고, 징역을 살아도 그런 사람들 앞에서 내 뜻을 굽히

* 자신이 믿는 사상이나 이념을 그와 배치되는 방향으로 바꾸지 않았다는 이유로 사회와 격리되어 감옥에 장기간 수감된 사람들.

지 않았다.

> 진언 할머니는 뭐든 잘했어요. 바느질도 잘하고 수도 잘 놓고. 떡방아를 찍을 때도 할머니는 힘이 좋아 다른 사람보다 잘했어요.
>
> **박선애**

하루는 전향 안 한 사람들만 있는 7사 사람들을 지하실로 데려갈 것이라 으름장을 놓았다. 교도소에서 나가도 그런 데로 갈 사람들이라고.

양력 정월 초하룻날에는 공동으로 예배를 본다고 전향 안 한 사람들을 강당에 모아놓았다. 얼굴이 새하얗고 등도 다 휘어 있었다. 남들이 입다가 입다가 버린 헌 옷, 솜이 뭉치고 무릎과 똥구멍이 터지고 소매가 너덜너덜한 옷을 입고 나오는 것을 보면 눈물이 안 날 수가 없다. 그 사람들은 아직도 안에 있으니. 나도 사회 나와서 엉겅퀴 뿌리 달인 물을 먹고 지내서 뼈가 좀 부드러운 기가 나는데, 그 사람들은 나와도 몸에 얼음이 들어서 제대로 살지 못

할 것이다.

"너 이놈들아 살고 볼 일이지 죽어서 뭐 할래? 여기서 너희들이 징역을 다 살아 석방되어도 집에 보내줄 줄 아느냐? 너넨 지하에 짓고 있는 교도소로 간다. 거기 가면 생전 꼼짝 못해. 너희들은 왜 부모들이 와도 면회를 안 하냐? 전향도 못할망정 부모들 가슴이라도 풀어줄 것이지."

가족이 면회를 와도 거절해버리고 윤 소장이 사정사정해서 데리고 들어가려 해도 씨알도 안 먹히는 지독한 사람들이다. 그 사람들을 보면 눈물이 났다. 저 사람들은 저렇게 만드는 게 무얼까. 그 사람들은 나와도 죽고 거기서도 죽는다. 사실 북쪽에서 이 사람들이 전향하지 않고 죽는 것을 안다면 영광이겠지만, 그것도 아니니 개죽음이다. 6·25 때 들어간 사람이 지금도 있을 것이다.*

* 사상 전향을 거부하고 복역을 택한 비전향 장기수의 평균 수감 기간은 30년 정도이다. 이들은 1999년까지 모두 석방되었으니, 김진언 할머니가 증언할 당시(1987~1992년)에는 수감 중인 사람도 있었다.

기독교인이 되다

나는 거짓말을 그렇게 잘했다. 우리 조상 5대가 불교라면서 전도사들이 와도 끄덕 안 했다. 대전교도소에서는 기독교 안 믿으면 전향하겠다고 해도 인정을 안 했다. 처음에는 죽어도 안 믿겠다고 버텼다. 책을 갖다줘서 보긴 하는데 구약성서에서 빵 하나로 7,000명 먹이고도 남았다는 대목*을 보고는 책을 던져버렸다. 그때 그렇게 했으면 지금은 왜 못 하는가 하면서. 모두 찬송가를 부를 때 혼자 웃고, 눈 감고 기도하는 사람 앞에 있는 반찬을 다 먹어버렸다. "내가 기도하는 동안 누가 먹었느냐?" 하면 "내가 먹었다 왜?" 하던 내가, 한 번은 나도 모르게 찬송을 불렀다.

"야, 제주 엄마 찬송 한다!"

"뭔 찬송 말이냐?"

"엄마 지금 뭔 찬송했어."

"나 아무것도 안 했다."

"제주 엄마가 '주 안에는 나에게 땅과 진배시라' 하고 찬

* 신약성서 《마태복음》 14장에 나오는 일화로, 예수가 떡 다섯 개와 물고기 두 마리로 5,000명을 먹였다고 한다. 김진언 할머니의 착오로 보인다.

송했어."

그것이 시초였다. 차츰 예배 보러 가면 뒤에 가서 앉게 되고 어느 날인가 나도 모르게 머리를 숙이고 말았다. 아무리 믿지 않으려 해도 신이 믿게 만들어버리면 할 수 없다. 경험해보지 않은 사람은 아무리 말해도 모른다.

저녁엔 성경책을 순조롭게 읽고 취침 시간이 되면 기도하고 찬송 부르고 잤다. 성경책만 보다가 의심이 들어 이야기한 날에는 무언가를 보여주곤 했다. 한번은 대전교도소 밖에 나뭇가지 하나 떨어지니 교도관이 나를 불러 "영성할 때 가져와"라고 했다. 그때는 여름이었는데, 옷 사이에 찔러 두고는 까맣게 잊어버렸다. 그런데 가을이 되자 느닷없이 영성 들어왔으니 나무를 가져오라 하는데 도저히 찾을 수 없는 것이다. 땅에 무릎을 꿇고 "하느님 어떡합니까? 이것 좀 찾아주십서" 하니 예수님이 나를 끌어다가 나뭇가지 있는 곳을 콕 찌르는 것이었다. 가마니 때기를 박박 뜯으니까 그게 나왔다.

또 나는 한쪽 팔이 빠져서 늘어나 음력 8월만 되면 쑤시고 아파서 옷에 솜을 붙여 늘 둘러메고 살았다. 교도소는 사철 김치를 하는데 워낙 책임이 중해서 앉을 수도 없었다. 보통 교도소에서는 토요일에 와서 진찰하고 약을 주면 다음 토요일이 되어야 의무실에 갈 수 있었다. 그날은 약도 먹은 날이었는데 너무 아파서 처음으로 남 못 보는 데서 울었다. 내무부장이 날 보고는 "왜 이래요, 왜 이래요?" 하니 팔이 너무 쑤셔서 그런다고 했다. 담당의를 부르려 했는데 의무과장이 눈이 쑥 빠지게 욕을 해서 그냥 돌아왔다. 기독교 믿으면서 어디 고쳐 달라거나 무얼 달라고 해보지 않고 '죄를 사해줍서'만 했었는데, 그날은 통증으로 잠도 안 오고 비몽사몽 간에 엎드려 기도했다. 그랬더니 뒷머리 묶은 예수님이 문을 열고 들어와 내 어깨를 짚으며 "내 딸, 팔은 좀 어떠냐?" 하셨다. 그뿐인데 지금까지 아무 일 없이 멀쩡해졌다. 그래서 세상 나가서 예수를 안 믿으면 다시 팔이 아프다 했으니 후에 내가 예수를 안 믿게 될 줄은 몰랐다.

감옥에서 생활해보면 산에서의 생활은 자유이지 고생이 아니다. 인간은 자유가 제일이다. 교도소에서는 시간이

짜여 있어 5분도 틈이 없다. 잠자는 시간은 자유라 하지만 잠도 정해진 시간에 자야 하니까. 또 남들은 푹 자지만 나는 책임이 중해서 제대로 못 잔다. 이불 속에서라도 계산을 해야 하니까. 구구법도 주판도 배운 적이 없으니 어떨 땐 신경쇠약에 걸릴 정도로 힘들어진다. 북에서야 간부들은 맨날 모임이 있으니 이리저리 다니다 시간 다 보내고 일에 바쁘니까 아무런 생각이 안 났다. 완전히 자기가 그 사상에 투신했으면 자식에 대한 관념은 작다.* 저쪽에 가서는 몹시 바빴다. 책임은 중하지 철저하게 공부라도 했다면 책을 봐도 척척 알 텐데, 그렇지 않으니 공부에 정신을 팔리다 보면 자식 생각을 할 수도 없다. 교도소에서도 배고프고 힘들 땐 자식이고 집이고 생각이 안 나다가 배불고 자유가 있으면 자식도 보고 싶고 집에도 가고 싶어

* 일제 강점기에 독립군 활동을 위해 가족을 버리고 만주로 떠난 남성 운동가들은 '가정을 버린 아버지'로 손가락질당하는 것이 아니라 조국의 독립을 위해 투쟁한 훌륭한 '혁명가'로 칭송받았다. 하지만 여성 활동가와 여성 빨치산에게는 유독 '자식을 버린 어머니'라는 이미지를 씌웠다. 그러나 그들의 활동은 개인적 차원의 모성을 사회적 차원으로 확대시킴으로써 모성을 정치화했던 것으로 평가해야 할 것이다.(최기자, 앞의 논문 참조)

졌다. 하지만 내가 적은 형을 받아야 나갈 생각도 하고 뭣도 하지, 그냥 교도소를 내 집으로 알고 살 수밖에.

사실은 우리 아들한테 내가 너무 잘 못 했어요. 애기 때부터 정을 안 줬어요. 엄마 정을 느껴 갖고 내가 떠어놓으려면 감당하기 힘드니까 아예 정을 안 주려고 애기를 쳐다보고 얼리고 웃고 이래 보덜 안 했어요. 그저 젖만 주고, 저녁에 잘 때 손 꽉 잡지. 꽉 잡고는 "야휴 언젠가는 나는 떠난다, 니가 잘 커야 할 텐데" 그러곤 손을 얼굴에 대보는 것뿐이었어. 내가 떠나 계급투쟁을 해야지만 앞으로 이 계급이 없어지고 동등한 삶이 있을 것 아니냐, 시부모님께 애는 좀 키워 달라고, 저하고 애비하고는 살아 돌아온다는 것은 믿을 수가 없으니까 애 하나만 잘 키우라고, 우리 시누이가 아들이 없으니까 "전라남도 가셔서 형님 아들로 입적을 시켜버리시오. 그러면 아무 탈 없을 것이요" 이렇게까지 부탁하고 그냥 산으로 올라왔어요.

변숙현*

요새 어떨 때 괴로우면 그때 죽어버릴 걸 하는 생각도 든다. 매 맞고 고문당하면서 왜 "안 했노라, 안 했노라" 했는지. 내가 기억력에 있어서는 누구 따라올 사람이 없었는데 매를 너무 많이 맞으니까, 4·3 때 있었던 일을 거의 기억 못한다. 그러니 이달군 선생이 저승에서 욕하고 있을 거다. 자기 말 안 들어서 고생한다고.

* 조항례, 〈내생애 최고였던 빨치산 시절〉, 성공회대학교 석사논문, 2015, 46쪽.

환갑잔칫상을 받는 김진언 할머니, 서울

5

제주로 돌아오다

형을 마치고 북촌리에 들어왔을 때 하늘과 땅이 탁 붙은 것 같았다. 반가워하는 사람도 없었다. 내 자신이 어떻게 살아갈지 캄캄했다. 조상 적부터 남을 부리고 종 데리고 살았던 자손인데, 오라비가 재산 싹 없애버려 남의 밭에 일하러 가는데 너무 울어서 김을 못 맬 정도였다. 사흘까지는 울었다.

처음 와서는 몸이 뻣뻣해져서 몸을 오그리지 못했다. 몸이 근지러워서 여름엔 꼭 문둥이 몸 같았다. 병원에 가면 입원하라 하는데 막상 엑스레이까지 찍어봐도 문제를 알 수 없어서 딸이 한약방에 한번 가보자고 했다. 맥 짚어

보니까 몸에 동상이 들었다면서 엉겅퀴 뿌리를 1년 먹으라고 했다. 1년 처방 내준 것을 2년 먹었다. 그러니 몸도 가렵지 않고 말끔해져서, 먹고살려고 남의 밭도 매고, 그러다 그 일이 아니꼬워서 돌 깨서 차에 싣는 일을 8년 했다. 우리가 힘도 세고 일을 잘하니까, 우리를 빌려 일했던 사람이 내게 차를 통째로 맡겨 여자 인부 둘과 남자 인부 둘이 하게 되었다. 이것저것 어렵고 힘든 일은 많지만 사람 부려먹는 일같이 힘든 건 없다. 남자들도 오래 하니 놈팡이가 돼서 요만한 군손 한번 안 놀리려 했다. 정말 멍청한 것들이나 그런 일 하지 조금 똑똑한 사람들이 돌 깨는 일을 하겠는가.

돌도 길이 있어서 어디로 두드리면 깨지는지 다 방법이 있다. 큰 돌을 탁 두드려 한 번에 파삭 나가면 아이구, 고맙습니다, 소리가 절로 나오고 열 번 백 번 두드려도 안 깨지면 그렇게 신경질이 날 수가 없다. 돌 일이라고 해서 안 배우는 게 없다. 몇 천 번을 두드려봤자 안 깨지는 고집스러운 돌들은 '아무런 회개 없이 떳떳한 놈들과 똑같구나' 싶고, 두드려서 착 나가는 돌은 "아이구, 잘못했습니다" 하는 사람과 똑같아 사람도 부드러워야겠다는 생각이 드는 것이다. 차를 책임지게 되었으니 눈이 오건 비가 오건 돌 실어놓고 지치면 눈 위에도 드러눕고 그렇게 일하다 보니 다시 몸이 안 좋아졌다. 다리도 못 오그리고 팔로 옷도 못 입어서 다시 엉겅퀴 뿌리를 달여 먹어 이제는 많이 나아졌다. 그런데 독한 약을 먹어서 그런지 눈 어둡지 귀 막지 기억력 없지 완전 병신이 되어버렸다. 인간이라는 것이 죽어버렸으면 아무 생각 없이 참 편안했을 건데, 그렇게 죽어지질 안 해서.

내 소원은 일부일처제

일본에 물질을 갔다가 스물대여섯에 돌아왔었다. 동네 가난한 집 산모가 젖이 안 나온다길래 그 집 아이 젖을 먹였는데, 거기 아버지가 참 영리한 사람이었다. 나 보고 어째서 이렇게 순진한 사람이 한 사발 밥을 둘이 먹느냐고, 좋은 데 중매해줄 테니까 시집을 가라고 했다. 몇 번 이런 소릴 해서 그 집 가는 것이 뜸해졌더니 이렇게 말했다. "얘진언아. 너 시집가라는 말 싫어서 안 왔지? 너 평생 고생할 거다." 그 말이 지금도 귓전을 두드린다.

난 다른 사람을 특별히 좋아해본 적은 없는데 날 좋아한 사람은 많았다. 웬일인지 남자들이 나를 그렇게 쫓았다. 우리 이종오빠나 친척 어른들에게 둘러싸여 있었으니까 괜찮았지, 그렇지 않았으면 어디서 물려갔을지도 모른다. 나를 그렇게 좋아한 사람이 지금 서부두에 사는데, 젊을 때 같이 놀아도 손 한번 툭 건드리는 법이 없던 안팎없이 좋은 사람이다. 내가 징역에서 나왔다는 소식을 듣고 우리 친구들하고 같이 와서 한 번 놀고는 아까운 우리 진언이가 칠보(칠푼이)돼버렸다고 했다.

열네 살 신랑에게 처음 시집을 갔는데 부잣집 외아들이었다. 옛날엔 시집가면 친정에 살다가 제사 때나 물 길어 가고 일 있을 때나 시댁에 하루이틀 다녀왔고, 친정에서만 살았다. 그렇게 한 해 두 해 살았는데, 신랑이 열대여섯 살 되었을 즈음엔 제사 때 떡이나 고기를 사발에 담아 친정에 갖다놓았다. 처음에는 시누이가 갖다놓는 줄 알았는데, 나중에 알고 나서는 '사람이 이렇게 철들어가는 거구나' 생각했다. 그 사람이 열일곱 살엔가 내가 강원도에 물질하러 가겠다고 시어머니에게 말했더니, 임자한테 말을 하라고 했다. 그때까지 남편에게 말해본 적이 없었는데 물질을 다녀오고 싶어서 처음 말을 해봤다. 이리저리 해서 물질을 다녀오겠다 하니까 못 간다고 했다. 그래서 어린아이 달래듯 흰 옥양목 끊어 바지저고리랑 두루마기를 해놓고 가겠다고 하니 그러라고 했다. 2~3년 물질하고 돌아왔더니 시집에서 예문예장*을 돌려보내왔다. 파혼된 것이다. 휴, 살기 싫은 시집은 아니었는데…… 그렇게 나오니 내 자존심이 팍 돌아섰다. 그래서 다시 동경으로 물질을 나갔는데 그놈(딸의 친아버지)이 모집자로 갔다. 거기서 날 못 먹어 해서 난 중간에 고향으로 들어와버렸다. 난 그리 피해 다녔는데 기어코 먹자 하는 놈한테는 먹히는 거다. 기왕 팔자 궂을 거라면 일찍 거기 가버렸을 텐데.

* 결혼할 때 신랑집에 보내는 신부의 사주가 담긴 함.

지금 주인은 내가 임신한 것을 알고도 자기 호적에 놓는다며 날 채어갔다. 본부인은 북촌리 살고 난 그 집 식구들 따라 일본에 가서 딸을 낳았다. 그때 해산한 뼈가 제자리로 돌아오기 전에 양동이 물을 한 쪽으로만 들다가 다리고 팔이고 뼈가 다 늘어나버렸다. 일본에도 개인 수도가 없을 때라 멀리 있는 공동 수도에서 물을 길어 와야 했다. 아침에 빨래를 시작하면 삶아서 풀 하고 저녁에는 다림질을 했으니 밥 먹을 시간도 없었다. 열한 식구가 사는 집에 들어가 딸 낳고 사흘부터 일을 그리 했으니 다 병이 되었다.

오장이 가난하니 밥은 덜어내지 못해도 국 대신 장 놓고 물 놓으면 되는 건데, 내가 밥하는 사람이니 국이라도 한 그릇 퍼서 먹으면 물만 먹는 것보다는 나을 것인데, 세상 배고파서 눈이 노랗게 되어도 국 한 그릇을 입에 안 대었으니 내가 병신이 아니고 무엇인가. 아직 밥 한 숟가락도 입에 못 놨는데, 저녁 때는 학교 갔다 온 놈, 공장 갔다 온 놈 밥 먹이고 이놈은 뭐 달라, 저놈은 뭐 달라, 식구들 심부름을 하다 보면 밤 11시였다. 그래도 시아버님이 제일 많이 나를 생각해주었다. 당신 애기들 보고 "아주망 나시(작은엄마 몫) 밥 남겨두면서 먹어라, 새끼들아 밥 남겨둬라" 하는 것이다. 한번은 남편이 공장 갔다 일찍 돌아와 가족들이 같이 밥을 먹었다. 반상에 밥을 퍼줬더니 남편은 누이동생들하고 와글와글 큰방에 같이 앉아 먹다가, 밥숟가락 요만하게 꼭 남겨서 책상 밑으로 숨기며 다 자버리면 먹으라고 했다. 염치 보여도 배고프니 그거 얻어먹고 겨우 버텼다.

아기는 젖을 못 얻어먹어 얼레기(얼레빗)같이 되었다. 그런 생활이 석 달을 넘어가니 배고픈 걸 못 느끼게 되었다. 그러니 사람 신세가 막 잘못되는 것이었다. 산모는 아기 낳고 쌀 일곱 말 먹는다 했다. 제주에 와서 먹고 지낼 만한 때가 되어 다시 아이를 가졌다. 이번엔 실컷 먹어야지 하고 메밀가루와 대두를 한 말이나 장만해놓았다. 그런데 아기를 떨어뜨려놓고 그냥 훗배*가 아파서 물 한 모금 먹을 수가 없었다. 아기는 아기대로 죽어버리고, 휴. 벌써 하

* 해산한 뒤 생기는 배앓이.

늘에서 다 정해져서 나오는 것이라 생각한다. 그렇게 딸은 이 남편을 아버지라고 믿으며 컸다.

딸이 세 살 때 시할머니가 돌아가셔서 장지*에 갔는데 예문예장 돌려보낸 첫 남편, 그 사람도 상객으로 왔다. 팥죽 쑤고 떡 이고 갔다가 사촌동생하고 부지런히 돌아오는데 뒤에서 누가 뛰어온다고 해서 보니 그 사람이었다. 뒤로 오더니 내 모가지를 꽉 안았다. 그땐 내가 힘 셀 때니까 탁 손을 자치니 뒤로 자빠졌다. 그런데 신작로 내려올 때도 세 번을 안는 거였다. 마을에 들어와서 우리는 재빨리 집에 들어가버렸다. 뒷날 그 사람이 팽나무 아래 앉아서 내 이름 부르면서 막 소리 지르고 울었다는 소문이 왕왕작작(시끌벅적) 났다.

그때가 일본으로 도망가려다가 주인에게 잡혀 온 때였다. 주인은 바른말 하라고 추궁하고 나는 바른말 할 것도 없고 틀어진 말 할 것도 없다고 대꾸했다. 한번은 사촌동

* 죽은 사람을 묻은 땅.

생이 사는 조천에 갔는데 그 사람이 놀러 와서 내가 나가려고 하니까 나가지 말고 있어라 했다. 정말 환장하고 미칠 지경이니까 제발 딴 부락에 가서 살아달라고 애원했다. "아니 내 몸 가져서 내가 사는데 왜 딴 부락에 가느냐. 딴 부락 갈 곳 없다"라고 쏘아붙였더니 내 꼴 보기 싫어서 자기가 못 살겠다는 것이었다. 세월이 흘러 4·3 때 그 사람은 재정 책임으로 일했다.

주인은 누구하고도 거칠게 이야기 안 하는 사람이다. 원래가 술 담배 안 먹는 남자와 여자같이 이쁘게 생긴 남자는 유별난 게 하나 있다고, 우리 이종오빠도 "남자는 부리부리한 사람을 택해야지 미남은 택하지 마라. 미남은 꼭 하나 특징이 있다"라고 했다. 그 사람은 겨울 들어서 호주머니에 돈 10원 놔두면 정월 초하룻날까지도 가만히 있는 사람이었다. 그 사람이 술 담배도 안 하고 인물도 키도 좋고 둘이 싸운 역사가 없었기 때문에 내가 팔자는 궂어도 산 건데, 지금 생각해보면 욕심이 센 사람이었다. 짐을 들어보고 무거우면 자기네 집으로 가져가는 식이었다. 봄날 바다에 기계를 가져가서 듬북을 캐고 나면 볼락이 한 무더기씩 났는데, 그거 한 뭇을 내가 사는 집에는 죽어도 안 가져온 사람이다. 내 생활에는 요만큼도 관심이 없었다. 사람이 가는 정이 있어야 오는 정이 있는 법이다. 우리가 정 없는 것은 아니었는데 이 사람 하는 것을 보면 살면 살수록 하나하나 약점만 나타났다.

주인은 일본 사람들을 실어 나르는 일을 했는데 내가 그 배에서 밥하면서 선장 노릇도 했다. 그렇게 벌어서 1,500평짜리 밭을 하나 샀을 때, 주인이 내 이름에 이전하라고 했다. 그때 나는 지금은 내가 아들이 없지만 나중에 아들을 낳고 그 애가 열다섯이 되면 그 애 이름으로 해달라 했고, 주인도 좋다고 했다. 그런데 나중에 그 밭을 나 몰래 팔아서 큰아들을 제주시로 보내 중학을 시켰다. 큰어멍(남편의 본부인) 아들들은 철들어가고 나는 아들 낳겠다고 불도맞이 굿*도 했다. 심방(무당)이 오늘 밤하고 내일 밤은 절대 큰집에 가지 말라고 해서 굿 마치고 집에 가서 닷새 있다가 큰집에 가보니 큰어멍이 아들을 낳았다.

* 아이를 잘 낳고 열다섯 살까지 잘 키워달라고 해산의 신 '삼신할망'에게 비는 굿.

그러니 그때부터 정이 떨어졌다. 팔자소관이다 생각하고 내 간장만 썩고 살았던 거다. 궂은 데 시집갔다는 말을 듣는 것은 죽는 일보다 더 싫었지만 못 비켜 살았다. 첩 노릇도 못할 짓, 큰어멍 노릇도 못할 일이다.

위아래 밭이 있어서 위에 두 내외가 김매러 오면 하루 종일 도란도란 이야길 한다. 나는 아래에서 김을 매는데 그는 나하고는 할 얘기가 없었다. 나도 말하기 싫었다. 한번은 주인이 여름에 김매러 호미를 차고 왔길래 뭐 하려고 호미 차고 왔느냐고 했다. 그날 나는 담 위에 가서 담말 타고 앉아 노래나 부르다 내려왔다. 남자란 것들은 다 도둑놈이라고 생각한다.

그땐 내 몸이 철사 같았다. 바싹 말라서 배도 등도 없었다. 어떡하면 이 꼴을 벗어날까 아무리 머릴 써봐도 방법이 없어 배를 타고 일본으로 도망가려고 했다. 그런데 그 배가 성산에 들르는 바람에 좇아온 주인에게 붙잡혀 집으로 끌려왔다. 그때가 스물아홉쯤일 거다. 그때 약이 있었으면 죽었을 거다. 우리 동네 사람 한 명은 양잿물을 먹었는데 금방 씻어내지고 입만 다 뒤집어진 채 죽지 못하는 걸 봐서 그건 안 되겠다고 생각했다. 목 달아매서 죽으려고 참줄 가지고 산으로 가는데 딸이 엄마, 엄마, 울며 좇아와 못하고. 하다 하다 이젠 "내가 어디 안 갈 테니까 당신은 당신대로 나는 내 집에서 그런 식으로 살자"라고 해서 그럭저럭 살았다.

같은 동네에 살면서 큰어멍하고 한번 싸워본 일도 없고, 큰어멍이 나한테 달려든 적도 없었다. 내가 항상 주인보고 "그 어른 성나게만 맙서. 그 어른이 성나민 내가 욕되는 거 아니우꽈?" 했다. 밤에 제사 보러 그 댁에 가면 그 사람도 큰집의 부인 노릇을 했다. 그 집 부엌에 머슴 데리고 살던 방이 있는데 그곳에 며칠이고 먹을 쌀 들여놓고 시루떡과 상애떡*을 쪄서 한아름씩 이웃과 친척에게 안겨주었다. 그다음은 모든 걸 내 마음대로 하도록 탁 맡겨버렸다. 그러니 내가 무슨 말을 할 수 있겠는가?

큰어멍은 4·3 때도 나를 찾아와 "네가 먼저 죽느냐, 내가 먼저 죽느냐, 그건 모르지만 이것들 오누이만은 살려

* 밀가루로 발효시켜 만든 빵으로 주로 경조사에 제물로 썼다.

달라" 부탁해서 산으로 데려갔다. 지금도 꿈에 "우리 아이들 살려달라, 살려달라" 하며 나타난다. 그 어른은 아직도 많이 생각난다. 왜냐하면 당신도 여자니까, 자기 밥사발이 남 앞에 가면 좋지 않을 거니까. 나 없는 데서는 모르지만 내 앞에서 서운한 말 한 일도 없다. 그러니 큰어멍 노릇도 첩 노릇도 못할 짓이다. '하나에 하나가 지당한 거구나' 하는 생각이 든다. 여태 나는 혼자 먹은 것도 없고 거짓말 한 것도 없고 죄 짓고 살진 않았지만 남의 첩 노릇 한 것은 죄처럼 느껴진다. 이걸 만날 회개하는데도 회개가 다 안 된 모양이다. 여자는 택하기를 처음에 잘 택해야 된다.

남들은 지금도 "아이고 나중에라도 시집 잘 갔으면……" 그렇게 말해도 시집 못 간 후회는 안한다. 남자에 너무 데어버려서. 결혼해봤자 나만 손해지 무슨 이득이 있는 것도 없고. 늙어서 시집가봐야 더 그렇고. 다만 억울한 것은 내가 까불고 다니면서 이 사람 저 사람 만난 탓에 내 신세가 이리 됐다 하면 양심상 '내 팔자구나' 하고 원통하진 않을 텐데. 우리 딸이나 손자들은 속으로 '우리 할머니가 젊을 때 방탕해서 그렇게 됐는가' 생각할 수도 있겠다.

내가 해방 후 적극적으로 활동에 앞장선 것은 '일부일처제'를 실시한다는 것 때문이었다. 이것이 제일 내 원이고 한이었다. 우리 대에는 울고 웃는 사람이 있지만 후세에는 없게 하자는 것이 목적이었다.* 그런데 징역만 살다가 끝났다. 사람은 포부가 크면 실망도 크다.

해방되어서 우리 딸이 책가방 든 채로 내 일하는 곳을 찾아온 적이 있었다.

"엄마, 엄마, 나 크면 의과대학 허쿠다."

"의과대학이 뭐하는 데냐?'

"살 끊어져도 표적 없게 하는 거 있어."

"너 할 대로만 해라. 내가 너 하는 것은 다 하게 하겠다."

그땐 자신도 있었는데. 이달군 선생이 항상 진희는 중등학교만 나와도 남 대학 나온 것만큼 할 아이라고 했지만 지 팔자나 내 팔자나 그만씩밖에 못 타고 나니까 그런 것이다. 지금도 딸의 원망은 첫째는 공부 못 한 것이고 둘째는 어릴 때 친아버지에게 안 보내줘서 그런 데로 시

* 여성 좌익 세력이 투쟁에 나서게 되는 요인에는 남성 좌익 세력에게는 없는 것이 있었다. 바로 여성의 권리 획득, 여성해방이었다. (최기자, 앞의 논문 참조)

집갔다는 것이다. 사실 내가 있었으면 그런 데 시집보내진 않았겠지. 딸이 커서 고등학교를 나와 어머니를 이해할 수 있고 어디 중매 올 때가 되면 친아버지를 알려준다고 한 것이, 시국이 그렇게 돼서 딸 운명도 달라져버린 거다. 딸은 지금도 그때 자기한테 낳은 아버지를 안 알려줬다고, 낳은 아버지에게 맡겼으면 공부라도 했을 것 아니냐고 원망한다. 난 "아니 네가 에미를 이해할 때까지 같이 기다리자고 한 건데, 내가 너 성 안 속인 것만 해도 고맙게 생각하라"고 할 수밖에. 딸 아버지는 아들을 낳으려고 우리처럼 딸 하나만 낳으며 딴살림한 데가 네 군데다. 거기까지도 괜찮았는데 딸 낳고 사흘 만에 나타나 아들이냐 딸이냐 물어보고는 딸이라고 하니까 그냥 가버렸다. 애 낳았다는 소문을 듣고서야 내가 사는 곳에 찾아온 것이다. 주인이 감춰줬지만 시집 식구들이 결국 눈치채고 말았다. 그렇게만 안 됐어도 내 시집살이가 덜 고되었을 텐데.

만약 내가 한국전쟁 때 형무소에서 나와 바로 제주로 왔다면 집안에서도 못 견디고 나를 죽여버렸을 거다. 우리가 한 일 전체가 거짓말이 돼버렸으니까. 사람만 죽었지 뭐 하나 이룬 것이 없으니까. 그러니까 내가 이 부락으로 돌아오기도 창피했다. 하지만 그때 분들이 몇 명 없으니까, 있어도 나를 이해할 수 있는 어른들이라 그렇지 그 사람들 보기가 여전히 너무 미안했다. 우리가 어리석어 그 고생을 한 것일까, 아직도 모르겠다.

변절했는데도 대전교도소 교도관들은 나를 그렇게 못 믿었다. 어디서든 나하고 같이 서서 이야기를 못하게 해서 감시를 자알 받았다. 고향 들어와서도 순경은 하루 한 번씩 오지, 부락에서도 감시가 붙었지…… 죄다 눈 뒤집히고 징글징글했다. 내가 상당히 고집 세고 주둥이가 바른 사람이라 어떻게 보면 상대하기 싫을 수 있는데, 징역 살고 나오면서 좋게 지낼 수 있다는 걸 알았다. 젊어서는 친구들한테도 '거짓말하지 말라, 남의 것 가져가지 말라, 진실해라' 말했지만 이젠 '그렇구나' 하고 내버려둔다. 눈 안 어둡고 귀 안 막으면 좋겠는데. 책이 그렇게 보고 싶은데 화투 장난도 못한다. 가만히 보니까 눈이 어두워가면 귀도 더 막아가는 것 같다.

딸의 소원, 불교로 가다

제주 내려오니까 딸이 불교 안 믿으면 죽어도 안 보겠다 해서 불교로 가기는 갔는데, 지금도 신은 예수 하나밖에 없다고 생각한다. 지금 내가 이 다리 아픈 것도 계속 예수를 믿었다면 고쳤을 거다. 불교에는 만날 가봐도 친절이 없다. 석가모니는 인간이기 때문에 그런가 생각한다. 불교로 바꿀 때까지 3년이 걸렸다. 이젠 괜찮다. 저녁 8시면 불경 놓고 아침 5시면 향 피우고 하다 보니 몸에 배겼다. 이젠 다투지도 못하니 어떡하겠는가. 내가 한쪽에 마음을 의지하다가 죽어버리면 될 거 아닌가. 기독교 믿는 우리 사촌들은 아직도 걱정한다. 내가 "아이고 내버려둬라. 나 죽거든 사십구재로 끝나버리면 된다"라고 하면 이유가 뭐냐고 묻는다. 나는 "이유 막론하고 딸한테 욕하지 마라. 딸에게 말하면 안 된다. 내가 다 계획하고 있다. 지금은 뭐 별하다는 사람도 사십구재로 끝내지 않느냐"라고 달랜다.

근본적으로 내 욕심은 나무치레 옷치레라, 물질하면서도 나무를 해다가 장작도 충분히 쌓아놓고 옷도 꼬박꼬박 지어놓고 살았다. 남의 밭 김은 김대로 매면서 밭도 두 개

샀다. "너 뼈는 뭔 뼈냐? 철로 만들었냐? 철도 잘못되면 부러지는 거다"라는 말 들으며 누구보다도 잘 살아보자, 잘 살아보자 했는데 요놈의 시국이 나를 잡아먹었는지, 내 팔자가 타고 나서 그런지 누가 알겠는가. 하늘하고 땅만 알지 아무도 모른다. 그때 시절에 가만히 고사리 철에 고사리나 꺾고 한가하게 지냈으면 이렇게 뼈다귀 안 몽그라질 건데. 그렇게 안 된 게 누구 책임인지는 모르겠다.

박선애한테서 편지가 와서 보니, 미안하다고 앞으로 죽지 말고 통일되서 만날 때까지 건강하라고 했다. 그러다 소식이 끊겼다.

우리 집은 매질을 잘 안 하는데, 내가 물질 나갈 때 평소에는 안 따라 오던 딸이 막 울면서 따라오겠다고 떼쓰던 날이 있었다. 그날 물질을 안 가고 배에서 내려서 복작(심하게) 때려줬다. 그게 생각날 때마다 항상 운다. 같이 오래 살아보지도 못할 자식을 왜 그렇게 때렸을까.

2부

박선애·박순애

사회주의 여성운동가에서 통일운동가로

박선애·박순애 대담

1990년 1월 16일, 10월 10일

수유리 자택에서

박선애는 1927년 전북 임실군 청운면 독립운동가 집안에서 일곱 남매의 넷째로 태어났다. 해방 후 임실군에서 여성운동과 당 레포(연락원) 활동을 하다가 회문산으로 들어가 빨치산이 되었다. 1952년 1월 하산하여 지하 활동 중 체포되었고, 광주포로수용소에서 10개월 수감 후 사형을 구형받았으나 징역 15년 선고받았다. 1965년 5월 42세에 만기 출소하여 비전향 장기수 윤희보와 결혼하여 딸을 낳아 키우던 중 1975년 사회안전법으로 재수감되었다.

당시 박선애는 여성으로는 유일한 비전향 장기수였다. 결국 사법부에서는 한 사람 때문에 여사를 계속 운영할 수는 없다는 이유로 풀어주기로 결정, 1979년 출소하였다.

박순애는 박선애의 동생으로 1930년생이다. 해방 후 언니와 사회주의 여성운동에 뛰어들었고 1950년 가을 회문산으로 들어가 빨치산 활동을 했다. 1952년 1월에 체포되어 광주포로수용소에서 복역하다가 언니와 극적으로 만나 수감 생활을 같이 하였다. 복막염으로 형기를 5년 앞두고 출소하였고, 1965년 언니의 소개로 인민군 출신 빨치산과 결혼하였다. 언니 부부가 재수감되자 남겨진 조카를 남편의 호적에 입적하여 키웠다. 남편과 병으로 사별한 후 언니 부부와 조카를 경제적으로 뒷바라지하며 언니의 통일운동을 도왔다.

전북 임실군 독립운동가 가족

박선애 우리는 어렸을 적부터 어머니가 이웃집 아줌마와 처녀들에게 수와 바느질을 가르쳐주면서 3·1운동이 어떻게 전개됐고 그때 여자들이 어떻게 싸웠는지 옛날이야기를 해주는 모습을 보면서 자랐죠. 어머니는 동네 여성들에게 《삼국지》의 유비 마누라가 어떻게 지혜롭게 싸웠는지 등 다른 나라 역사 속의 여성 이야기도 가르쳤어요. 우리 집 주위에는 대밭이 있어서 눈이 오면 눈 오는 소리가 나요. 그 소리와 함께 옛날이야길 듣는 거예요.

어머니는 동네에서 싸움이 나면 화해시키고 누군가 아프면 산에서 나는 약초로 약을 만들어줬어요. 외할아버지부터 그런 일을 좋아하셨죠. 어머니는 동네 의사였어요.

그때 일본이 농촌진흥정책을 시행했는데, 누에를 많이 쳐서 자기들 나라로 가져가려고 했어요. 옛날에는 주로 산에 뽕나무를 길렀는데 일제는 집약적으로 뽕나무를 심어서 누에 치는 일을 시작했죠. 우리 집은 가난했지만 외가댁에서 뽕나무 밭을 줬고, 그걸 치면서 강습소를 차렸어요. 어머니는 양잠 교사로 일하면서 돈을 벌었죠. 일제 행정기관에서 한 개 군을 지도할 권한을 맡길 정도의 양잠 전문가였어요.

박순애 우리 아버지는 어렸을 때 말도 못하게 가난하셔서 직접 학비를 벌어 보성전문학교를 다니셨어요. 머리가 좋아서 한문 공부만 하시다가 전문학교에 들어가셨다고 해요. 아버지는 3·1운동에 가담해서 대구형무소에 수감되었는데, 형을 마치고 나와서 학교도 설립하셨어요. 1925~6년쯤 세워진 전북 임실군 청웅면 사립보통학교가 아버지가 세운 학교예요.* 새로운 교육을 도입하려 하는데 사람들은 역사, 지리, 수학 같은 근대적인 교육을 받기 싫어서 도망가고 그랬대요. 아버지는 잡으러 다니시고 설득해서 우리나라 역사를 비롯해 새로운 지식들을 가르쳤고요. 그런데 총독부에서 일본 교육 제도를 도입하라고 강요하자 학교를 폐교시키고 운둔 생활을 시작했어요. 일본에서 선생들을 데려가버리고 고등계 형사들이 집에 감시를 오기 시작했고요. 그래서 아버지는 항일 무장 투쟁을 하지 않고 산으로 잠적해버렸어요. 우리가 7남매인데, 제가 태어나고서야 산에서 돌아오셨죠. 그러니 뒷바라지와 살림은 어머니가 도맡아 했어요.

* 청웅사립보통학교는 1922년 개교하였고 1927년 인가되었다.

박선애 아버지가 그렇게 동네를 떠났어도 어머니는 동네 여자들을 모아 먹으로 글을 쓰면서 한글을 가르쳤어요. 우리 자랄 때는 조선말을 쓰는 것이 허용되지 않았는데, 어머니는 남들에게 조선말을 쓰게끔 종용하고 조선 글을 읽었어요. 그런 환경에서 자란 우리는 어릴 때부터 일제와 타협하거나 협조해서는 안 되고 그렇게 해서 화려하게 학교를 다닌다고 훌륭한 사람은 아니라는 인식을 갖게 됐어요.

어머니는 담이 컸어요. 일본 순사가 구둣발로 마룻바닥을 들어올 때 호통을 쳤다고 해요. 썩 나가라고, 너희 나라 법도가 그러하냐고. 애국하는 길은 자기 나라를 위해 자꾸자꾸 나, 이웃, 다른 사람들을 깨우치는 것이라 생각하고 살아오셨는데, 해방이 되니까 주변에 깨친 사람이 많이 생겼어요. 어디서 강연을 하고 그런 것이 아니라 어머니가 처녀 하나둘을 깨치면 그 처녀가 다른 동네로 시집가서 그 처녀에게서 깨치는 사람이 생기고, 그렇게 사람들이 우리나라 역사를 깨치고.

아버지는 배일사상을 갖고 있어서 일제 교육을 못 받

게 했어요. 늘 아주 결백하게 행동하시고 우리에게 애국은 일본에 반대하는 것이며 퇴폐적인 사상은 나쁘다고 가르치셨어요. 절대로 일본 놈 밑에서 교육을 안 시켰죠. 우리는 여학교도 초등학교도 안 다녔어요. 우리나라 역사, 서양사, 동양사 등을 식탁에서 밥 먹을 때마다 아버지로부터 배우며 자랐어요. 아버지가 식탁에서 일본의 악독성, 중국이나 불란서의 역사와 정세 등을 말하면 우리는 그걸 듣고 있었죠.

박선애·박순애 자매의 아버지 박준창(1890~1962)은 전북 임실군 청웅면 남산리에서 정필조 등 마을 유지들과 3·1운동을 주도하여 대구형무소에서 징역 1년 옥고를 치렀다. 민족주의 성향이 강한 분으로 해방 후에는 자녀들의 활동을 지켜만 보셨다고 한다. 박선애 자매가 투옥되었을 때는 면회를 가서 아버지는 신경 쓰지 말고 너희들의 길을 가라고 당부하셨다고 한다. 1983년에 대통령표창을, 1990년에 건국훈장 애족장을 추서받았다.

박선애 우리 집안은 가난하지만 책을 읽고 배우는 집안이에요. 우리 집은 임실군 도서관이라 할 정도로 책이 많았어요. 어려서부터 부지런히 읽었고, 여자 친구들하고도 책 이야길 나눴고, 그런 분위기에서 해방이 되니까 무식한 것은 깨야 된다, 자기 집안을 엉망으로 만들어놓는 도덕적으로 비틀어진 짓은 절대 안 된다고 생각했죠.

우린 어려서부터 사치라는 걸 모르고 지냈어요. 어떻게 보면 사치는 자기를 정결하고 깨끗하게 만들기도 하지만 그게 지나치면 이기적이 되니까 항상 사치를 조심하면서 겸손하게 살라고 교육받았어요. 우리는 한 번도 비단옷을 입어보지 못했어요.

박순애 언니는 사람 보는 눈이 뛰어났어요. 아버지 제자들 중 선생님이 된 사람들도 많고 아버지가 유지니까 우리 집에는 젊은이부터 노인까지 다양한 사람들이 드나들었어요. 언니가 그중 누군가를 가리키면서 "이리와, 저 사람은 말투나 걸음걸이부터 아주 간신 같다. 틀림없이 간신일 거야" 하면, 그 사람은 누구하고 꼭 싸움이 붙거나 해요. "저 사람은 방정맞을 것이다", "저 사람은 칠면조 같이 생겼다" 하면 성격이 딱 맞거나 '칠면조'라는 별명이 동네에 쫙 돌아요.

내가 어머니가 잃고도 울지 않았던 것은 언니 덕분이었어요. 아주 대화가 끊임없었죠. 우리 자매는 친구처럼 지냈어요. 옷도 똑같은 색깔로 똑같이 입었고요. 주변에서 "너희들 싸우는 거 한 번 봤으면 좋겠다"라고도 했어요. 그러니 무슨 일을 해도 즐거운 마음으로 같이 하려고 했죠. 빨래를 해도 심부름을 시켜도 혼자는 안 가요, 같이 가지. 밭에서 김매는 것도 같이. 언니는 참 날카로운 사람이고 보는 눈이 정확한 걸 어렸을 때부터 알고 있었어요. 언니가 "저거다" 하면 나는 굳게 믿고 따라가요. 그러니 우리 자매는 싸울 일이 없죠.

박선애 난 열아홉에 결혼한 것으로 되어 있었어요. 나는 알지도 못하는 사람인데, 일본에 있는 아는 집안과 아버지끼리 혼인신고를 먼저 해버린 거예요. 그즈음에는 정신대에 끌려가는 사람이 많았고 나도 그 나이에 걸렸거든요. 우리 친구들 중에도 끌려간 사람이 많아요. 하지만 돌아온 사람은 보지 못했어요.

모두들 그때는 일본이 승승장구해서 세계를 제패하리라 생각했지, 일본이 망하리라고는 거의 생각 못했어요. 걔들이 화려하게 시가행진을 하고 말레이시아나 필리핀 등을 정복하면서 갑작스럽게 파인애플이니 바나나니 고무니 막 쏟아져 들어올 때였어요. 그러나 우리 집에서는 아버지가 항상 신문을 보고 계속 세계 상황을 주시하니까 지금 독일 상황이 어떻고 이태리는 이런 상황이니까 일본이 머지않아 항복할 것이라는 사실을, 어리지만 우리들도 알고 있었어요. 누가 지원병으로 나갔다고 하면 '일본이 얼마 없어 망할 판인데 쟤들은 저걸 모르는구나' 하고 자신 있게 일본이 망한다고 생각했어요. 누군가 일본군 지원병으로 나가는 집은 혜택을 받거든요. 모를 심어도 특별히 도와주고. 그 집 사람들이 좋아하는 모습을 보면서 어린 마음에도 '저렇게 나가서 일본 놈 뒤에서 일을 하면 저희 엄마가 나중에 수치스러워서 어떻게 하려고 저럴까' 하며 한심해했어요. 같이 노는 애들 보고도 "야, 너희는 일본이 이길 것 같으냐, 질 것 같으냐?" 같은 이야길 했던 걸 보면 반일사상이 강했던 것 같아요.

부모는 자식이 듣든 안 듣든 계속해서 옳은 것에 대해 말해줘야 해요. 그때는 왜 그렇게 많은 이야길 들려주는지 몰랐지만, 부모가 주변에 올바른 것을 말하고 있으면 자기가 자라면서 그것을 옳게 깨닫는다는 걸 알게 되었죠.

또 시집가서 맹목적으로 남편에게 복종해서는 안 되겠다고 생각하게 됐어요. 그때는 빨래를 할 때 빨고 삶고 엉기고 풀을 먹인 뒤에 다리미질까지 해야 했죠. 그러면 책 볼 시간은커녕 내 시간이라고는 조금도 없죠. 비단옷이 없는 것도 그랬어요. 비단옷은 한 벌만 지어서 간단히 입을 수 있는 게 아니라 두루마기같이 품이 많이 드는 것도 만들어야 하고, 굉장히 힘들어요. 남자는 그런 걸 하루나 이틀 입으면 벗어던지니 그걸 또 만들어 꼬매고 새로 해야죠. 우리 집 여자들은 그 일에 자기 시간을 온전히 쓰는 게 모순이라고 느꼈어요. 옷도 한번에 탁, 해서 입을 수 있는 옷은 없는가 생각하죠. 어떻게 하면 시간을 조금 더 내서 책을 더 읽을 수 있는지.

우리 어릴 때는 일찌감치 일어나 개울에 가서 빨래를 빨아야 했어요. 그때만 해도 중간치한 딸들은 빨래를 잘 안 시켰어요. 빨래같이 나가서 하는 일은 엄마나 결혼한 올케들이 하고 딸은 앉아서 하는 일을 시키려고 했죠. 그런데 우리는 부자가 아니니까 남들 일어나지도 않은 어두컴컴한 새벽에 개울로 나가야 하는 거죠. 빨래를 하면서도 계속 책 얘기를 했어요. "야, 그런데 말이야, 그 주인공이 그렇게 하면 안 되지……"라면서 줄거리를 얘기하는 거죠. 빨래를 삶거나 남이 빨래하는 시간에, 빨래를 밟을 때는 책을 읽었어요. 어떻게 하면 다림질을 좀 적게 해볼까 하며 많이 밟았죠.

오빠는 조혼을 했고, 그 2년 뒤에 어머니가 돌아가셨어요. 그래도 올케가 있는 덕분에 우린 올케 밑에서 자랐죠. 어머니가 돌아가셨을 때는 마을 사람들이 다 울었어요. 그만큼 덕을 베풀고 가셨어요.

임실군의 해방 풍경

박선애 해방이 되고 난 뒤에 마을 사람들이 누군가에게 달려들어 때리는 일이 있었는데, 왜 그런가 보니 밀정이라는 거예요. 그 후로도 사람들이 웅성웅성하는 일이 잦았는데, 인민위원회 때문이었어요. 친일했던 사람, 말깨나 했던 사람들이 모여서 인민위원회를 결성한다 하니 우리 아버지도 토론자로 참가해서 싸움이 벌어진 거죠. 아버지가 친일파놈들에게 네가 감히 여기를 앉느냐고 재떨이를 던졌어요. 친일하던 마쓰모도가 위원회를 한다고 혀를 차면서. 그런데 미국놈들이 와서 인민위원회를, 청년들을 탄압하기 시작했죠. 이제 집안도 어수선하고 동네가 조용할 날이 없어졌어요. 아버지 세대는 인민위원회에, 오빠 세대는 청년동맹 사업에 뛰어들었죠.

해방이 됐는데도 친구들은 나랑 얘기할 때도 조선말을 못했어요. 버릇이 돼서 일상적으로 일본말을 쓰는 거죠. 우리는 '쟤가 해방되고도 저 말을 쓴다'고 속으로 나무랐어요. 우리 어머니는 해방되고 학교도 다녔어요. 아버지가 그런 상황에도 어머니를 학교에 보냈으니까요.

우리 집에는 오빠 친구 편지가 하루에 수십 통이 왔어요. 학병이나 징병으로 바깥에 다녀온 친구들은 새로운 문물이나 마르크스, 프롤레타리아 이론 등을 빨리 흡수했고, 프로문학* 작품들도 많이 들여왔지요. 우리는 그 책을 읽으면서 일본인 중에도 민주주의를 위해서 목숨을 내거는 사람들이 있었다는 걸 알게 됐어요. 눈물을 흘리면서 그 책들을 읽던 기억이 나요.

박순애 해방이 되었을 때 우리는 읍에 살면서 시골에 땅이 조금 있었어요. 지주도 소작료를 받을 수 없는 상황이었죠. 우리 마을은 그때만 해도 완전한 사회주의 국가였어요. 친일파는 쪽도 못 쓰고, 미군정에 아부한다고 소문난 사람에게는 아무도 모를 심어주지 않아서 논이 아무리 부자라도 동네를 떠나야 했어요. 누구 하나 거기 가서 모를 심어주지 않으니까.

그때 소작료도 없어지니까 그동안 남의 땅을 부쳐 먹던

* 프롤레타리아의 생활을 제재로 하여 그들의 사회·정치적 이념을 표현하는 문학.

시골 사람들은 스스로 자신들이 수확한 쌀을 다 가져와서 집에 쌀이 계속 많아졌어요. 우리도 땅이 조금 있었는데 다른 사람에게 소작료 없이 경작하라고 했더니 그들이 고마워서 쌀을 가져왔어요. 그것을 집에 오는 사람들과 나눠 먹었죠. 너무 기쁘고 너무 좋아서 옷도 다 가져가고 아무나 입고 서로 친구가 된 그런 상황이었어요.

박선애　　　1945년 11월인가 12월이었을 거예요. 우리 오빠는 대학에 가진 않았지만 예술에 재능이 많아서 시랑 소설도 쓰고 그림도 그렸죠. 오빠는 문학을 했어요. 밤새 화롯불에 고구마가 익어가는 동안 푸쉬킨, 발자크, 톨스토이, 고리키 등의 작품이나 오빠 친구들이 말하는 백두산 밀림의 생생한 무장 투쟁이나 북만주의 밀림 지대에서 활동한 항일혁명군의 이야기를 들었어요.

그때 이런 이야기를 들었던 기억이 나요. 사냥개를 키우는 어떤 사람이 개를 굶겨놔야 도적을 잘 잡는다고 밥을 안 준 채로 문을 잠가요. 어느 날은 주인이 잠긴 문 대신 담을 넘어 집에 들어왔는데 사냥개가 달려들어 심장을 콱 물어 피가 나왔어요. 개가 주인의 피맛을 보더니 미친개가 되어 더 세차게 달려들며 물어뜯었죠. 이게 바로 자본가와 노동자의 비유라는 거예요. 굶기는 개는 주인을 문다고, 착취와 저항을 표현한 거죠. 오빠 친구들이 모여 그런 얘길 하면 우리 자매는 숨죽이고 들었어요.

오빠는 미술에 열심이어서 사진까지 했어요. 밤이면 암실에서 작업을 하는데 오빠 친구들이 또 암실에 찾아와 얘길 나누는 거예요. 그러면 우리도 쫓아가서 듣고. 그러니 우리에게는 어머니와 오빠의 영향이 가장 컸죠.

오빠가 그때 스물일곱이었는데 각본을 쓰고 연극을 했어요. 제목은 〈봉선화〉. 시베리아와 지하에서 활동하던 사람들이 고향으로 돌아오면서 진행되는 연극이었죠. 오빠는 배우 역할도 하고 송영* 작가의 작품도 보러다니고 열심이었어요. 당시는 연극을 보러 어른들만 다녀서, 우리는 다녀온 오빠가 재현하는 연기를 구경했죠. 밖에는 비가 오고, 음악도 잘하는 오빠가 기타를 치면서 우리에게 연

* 송영(1903~1978?)은 카프 계열의 대표적인 극작가로 소설, 희곡, 아동 문학 등 여러 장르에 걸쳐 작품을 남겼다.

극 이야길 들려줬어요.

오빠는 도덕적으로도 훌륭한 사람이에요. 오빠는 인텔리, 여자, 어린애, 누구하고도 친했어요. 우리 아버지가 한 번 반대하면 싹 끊어버리고 다신 돌아보지 않는 칼같이 무서운 양반이라면, 오빠는 모든 사람을 안아주는 역할이었고 그건 우리 어머니에게서 배운 거예요. 오빠는 철두철미해서 일꾼이라면 저래야 한다는 모범이면서 겸손하고 모든 사람의 어려움을 알아주는 사람이었어요. 오빠를 보며 겉으로 크게 나타내는 것은 소용없는 거라고, 사람은 속이 중요하다고 그렇게 생각했지요.

박순애 우리 오빠 친구들은 원래 소유 개념이 잘 없었어요. 네 책 내 책이 없고, 옷도 마찬가지였죠. 옆집이 부잣집이었는데 오빠가 원고 쓰다가 종이가 떨어져서 그 집 부인에게 가면 종이를 그냥 줬어요. 우리 딸 아이* 보면 요즘은 그런 게 없는 것 같아요.

* 박선애의 딸 고희선은 이모부(박순애의 남편)의 성을 쓰며 박순애가 키웠다. 그녀는 박선애가 어머니이고 박순애는 엄마라고 표현하기도 했다.

박선애 우리는 이론이 아주 빈약해서 어디 가서 내세울 만한 것은 없어요. 우리 같은 사람은 무슨 큰 조직에서 싸운 것도 아니고 그냥 한 산골, 시골에서 싸운 거예요. 나는 임실에서만 일을 하지는 않았어요. 한 마을에서 누가 당원인지는 몰라요. 또 그때는 여자가 나서서 다니면 "여자가 살림하지 않고~" 하면서 반응이 좋지 않았어요. 우리 오빠도 우리 자매나 자기 부인에게 하라고 말하지는 않았고요. 그래서 올케는 지금까지도 이해 못해요.

그때는 자기가 사랑하는 아내가 여성운동을 하는 것을 지지하는 분위기가 아니었어요. 여성해방 없이 인간해방은 없는 건데, 봉건의식이죠. 그때는 자기 남편 하는 일을 모르는 경우가 너무 많았고, 남편도 자기 부인이 활동하는 걸 소문낼까 두려워해요. 결국은 자기 구실을 못했다는 거죠. 우익 여성운동은 군 단위에서는 발을 못 붙이고 도시에서 많이 움직였어요. 그래서 우리도 일하는 데 무척 고생을 많이 했죠.

나는 우리 오빠가 1946년 3월쯤 입당한 게 아닌가 생각해요. 왜냐하면 어느 날 저녁에 "비로소 나는 세상에 사람으로 탄생했다"라고 흥분된 목소리로 말하면서 그렇게 기뻐했어요. 진심으로 황홀한 표정이었죠. 우리 오빠는 겉으로는 진지하고 차분했지만 속으로는 굉장히 정열적이었어요.

1946년 3·1운동 때 민청* 주관으로 열린 군 행사에서 오빠는 자서전을 써서 군중 앞에 나가 읽었어요. 강보에 싸여 있을 때부터 어머니의 자장 노래로 항일가를 듣고 자라났다는 얘길 하는데 모인 사람들이 일순 숙연해졌어요. 우리 어머니는 3·1운동 당시 아버지가 옥에 있을 때 오빠를 낳았거든요. 오빠는 결국 독립운동을 하다가 돌아가셨는데,** 아버지가 일제와 싸웠다면 오빠는 미제와 싸운 거죠.

일제강점기 때 공산주의 운동을 하던 사람***이 우리

* 1946년 창립된 사회주의 청년단체인 조선민주청년동맹의 약자.

** 오빠 박훈(1919~1948)은 해방 후 임실군 청년동맹을 조직하고 문화부장 역할을 맡은 것으로 보인다. 여순 항쟁 때 사망했다.

*** 문병학(?~ 1946)은 이승만의 정읍발언(1946.6)에 항의 집회를 주도하다 체포되어 전주형무소에 수감되었고, 전주형무소 탈옥 사건(1946.11) 때 돌아가셨다. '정읍발언'이란 남한만의 단독정부 수립 방침을 공포한, 해방 후 최초의 분단선거 옹호 발언이었다.

군에 있었어요. 1946년에 전주에서 탈옥 사건이 있었는데, 형무소에 남아 있는 다른 사람들을 다 탈옥시키고 쫓아오는 미군에게 총을 맞고 죽었어요. 임실군에서 그 사람 사회장을 지냈는데, 오빠가 추도문도 쓰고 추도가도 지었어요. 그때 그 사람 부인이 나와 자기 남편은 일본 경찰에 쫓기면서 감옥 생활을 하다가 해방이 되니 겨우 나와서 비로소 국민학교 앞에서 '조선독립만세'를 떳떳이 불렀다고, 그런데 해방된 나라에서 누가 내 남편에게 총을 쐈느냐고 막 울었어요. 그날 사진도 찍어놨는데…… 그분은 남편이 죽기 전까지는 얌전하게 살다가 남편이 죽은 뒤로는 상복 치마를 입고 활동에 나섰고, 1950년 가을에 회문산에서 만났죠.

임실역 앞에 산이 있었는데, 거기다가 그 사람 묘를 해놨어요. 우리 남동생이 전주에 중학교를 다녔는데, 밤에 사람들이 우르르 역에서 나오면 일제히 발을 멈추고 모자를 벗어 그 애국 열사 앞에서 고개 숙여 경례를 했대요. 그런데 한국전쟁이 나니까 군인들이 그 묘를 파버렸다더라고요.

우리 오빠 같은 사람들은 실력이 있으니까 농민들 상대

로도 일을 했어요. 소작 문서를 싹 태우고 토지를 농민에게 줘버리고, 인텔리는 농사를 지을 줄 모르니 토지를 갖지 않게 했어요. 어느 면은 완전히 협동조합 형태로 바꾸고요. 그런 일을 했으니 사람들에게 알려졌고, 저는 오빠의 일을 도왔죠. 그때 협동조합이 조직된 면에서는 경찰지서 습격 같은 폭동이 빈번이 일어났고, 1948년 2·7 투쟁*도 잘했어요. 여자들도 열심이고 잘 싸웠죠. 남편이나 남자 형제를 지지하고 나서서 돌도 날라주고 죽창도 깎아서 운반하고 밥도 가져다주고, 1948년까지도 그랬어요.

옆에서 이야기를 듣던 박선애 씨의 남편 윤희보 씨가 당시 상황에 대한 보충 설명을 해주셨다.

윤희보 그때 복잡한 일이 참 많았지만 당원의 수와 능력으로 볼 때 역량이 제일 좋았던 곳이 전북이었습니다.

* 1948년 2월 7일 조선노동조합전국평의회가 남한의 단독 정부 수립을 위한 총선 준비를 위해 입국한 유엔조선위원단에 반대하여 일으킨 파업 투쟁으로, 미군정의 진압으로 실패하였다. 이후 2월 26일 미국이 주도하는 유엔소총회는 남한 단독 선거와 단독 정부 수립을 결정한다.

해방 직후 전남과 경남·북을 합해도 당원 수가 2만 명이 안 되었는데, 전북만 2만 명이었어요. 여순(항쟁)도 당내 분자들이 미리 준비해놓은 거예요. 그래서 손실이 더 컸죠.

윤희보(1907~2015)는 판교 대지주 가정에서 태어나 남로당 영등포지부장으로 활동하다 한국전쟁 중에 여동생들과 월북했다. 1952년에 아이젠하워 살해 명령을 받은 공작원으로 남파되어 활동하다 체포되었다. 10년 형기를 마치고 출옥한 뒤 박선애와 결혼하였다. 1974년에 반공법**으로 재수감되어 감옥에서 15년을 더 보내고 1989년 출소했다. 2000년 6·15공동선언 이후 비전향 장기수로 북측에 송환됐다. 이때 박선애 씨는 딸과 동생이 있어 동행하지 않았다.

박선애 오빠 친구 집도 굉장히 부자였는데 (부친이) 3·1운동도 한 집이었어요. 선산도 수만 평이라 동산을 만들어 벤치와 놀이터에 호수까지 있던 집인데, 해방되니까

** 5·16 군사 쿠데타 이후 공산주의 계열의 활동에 가담하거나 이를 방조한 자의 처벌을 규정하였던 법률.

토지를 싹 내놓았죠. 그 오빠도 일제 때 항일운동을 한 사람이에요. 가족 모두가 활동했고 그 집 여자나 동생들은 주로 심부름을 했어요. 나중에 그 집이 주목받게 되니까 토벌대들이 들이닥쳐 옷가지 하나하나까지 다 태웠어요. 장독이 너무너무 커서 토벌대가 총을 쏘니까 장이 한 달은 흘렀다고. 그런 사람들은 뒤에 감춰줘야 하는데, 다 앞에 나와서 싸웠죠.

전쟁이 났을 때는 이미 사람들이 너무 많이 죽어서 일꾼이 없었어요. 그 많던 오빠 친구들이 한 사람도 안 남았죠. 1948년 때* 다 죽었으니까. 어딜 가도 다 폐허였어요. 이 사람들은 일제 때부터 활동해서 결혼 안 한 사람이 많은데, 다 죽어버렸으니 정말 씨도 안 남았어요. 그렇게 똑똑한 사람들이 모조리 사라져버렸죠. 당에서는 간부 보존도 못하고 핵심도 꾸리지 못하는 상황이 됐고요. 그 사람들 중 몇 분만 살았어도 그렇게 되지 않았을 텐데, 그분들의 피가 거름을 남겨서 우리 같은 사람들이 움직이기 시작한 거예요.

* 1948년 10월 19일 여순항쟁을 말한 것.

우린 남북이 이렇게 오래 갈라져 있을 거라고는 상상도 못했어요. 우리 집은 지역을 벌써 떴고, 오빠는 전주에 있었어요. 우리는 오빠 뒤를 다니며 선을 대주는 일을 했죠. 알지도 못하는 사람에게 무언가를 전해주고 말을 전달하고, 그렇게 그분들 뒷바라지하는 일. 1948년 말에는 선도 제대로 없었어요. 오빠 같은 중심 인물이야 선이 남았지만 우리 정도 되는 사람들에겐 사라진 거죠. 그런데 오빠가 여수·순천에 가서 계엄령하에서 일을 하다가 검거령에 걸려 돌아가시니 이제는 사람이 없어졌어요. 나도 이리저리 다니다가 선도 끊어졌을 때 전쟁이 난 거예요.

여순항쟁 때 큰오빠가 학살된 장소도 모른 채 죽었다는 소식이 전해지던 날, 우리는 부둥켜안고 엉엉 울었어요. 중학생이던 막내도 빨치산 연락병으로 다니다 죽었다고 했는데, 어디서 죽었는지조차 몰랐죠.

박순애 그때야(한국전쟁 초기) 당 활동이 합법이니까 중앙에서 지도원이 왔대요. 중앙과 도에서 여자들이 동시에 나왔어요. 나는 마산에서 공장을 다녔는데 도민증을 내놓으라 해서 그만두게 되었어요. 이름과 성을 다 바꿔서 전주로 갔다가 결국 큰언니 사는 부여로 갔지요. 집에는 드러나지 않아도 집 식구가 모두 미군정과 싸우는 일을 했으니까 붙어 있을 수가 없어요.

지리산에 들어갔을 때는 길쌈 하려고 목화와 물레를 가져온 사람도 있었어요. 사람들을 먹여 살려야 하니까 생활용품을 다 가져올 수밖에 없는 거죠. 우리가 1950년도 가을에 입산했는데 야야, 빨간 단풍이 대단했어요. 당장 이불도 필요하고 산에서 생활해본 경험도 없고 훈련조차 받지 않은 위태로운 상황인데도 우린 가방에 책만 넣고 다니면서 단풍이 예쁘다고 철없이 좋아했죠. 다행히 지리산은 먹을 게 많았어요. 복숭아, 감, 밤…… 개울이 흐르고 골짜기마다 사람들이 살고 있는데 그렇게 따뜻하게 대해줄 수가 없어요.

여성운동에서 통일운동으로

박선애 임실군에서 일하는데 조직에서 산으로 들

어가라고 했어요. 빨치산들도 대부분 식사 준비는 여자들이 하는 것으로 알았어요. 하지만 나는 절대로 안 된다고 단언했어요. 그러면 우리는 공부를 못 하잖아요. 자기네들 학습 시간인데도 우리는 식사 준비를 해야 하고. 그래서 조를 짜자고 했지만, 결국 조를 짜도 여자가 많이 해요. 난 계속 싸웠어요. 물론 나한테 손해죠. 저 여자 억세 빠졌다는 그런 소리를 들으니까요. 하지만 여자이기 때문에 힘들다는 생각은 없었어요. 우리가 그동안 너무너무 억압당하고 살았으니까, 이제야말로 우리 마음대로 하고 싶은 일을 할 수 있고, 인간으로 살 수 있다고 생각했죠.

오빠 심부름을 다니다 전쟁이 났고 자발적으로 활동했으니까 그때까지는 순탄했지요. 훌륭하고 정직한 사람들, 애국자고 도덕적이고 이론적으로도 막히는 게 없는 사람들만 만났어요. 그런데 어느새 다 죽어버린 거예요. 그러니 남은 것은 우리 같은 사람들인데 대부분 아는 게 많지 않았어요.

난 임실군 여맹 조직부에서 일했어요. 근데 여성해방을 하려고 보니깐 여성해방 전에 조국이 통일되어야 되겠다,

나라가 분열된 상태에서는 여성해방 하나를 가지고 문제가 해결될 수 없다, 더 급한 것은 통일이다, 나라가 없으면 여성의 권리도 보장될 수 없고 우리 여성들이 더 학대받고 억압당한다는 생각으로 통일운동으로 가게 된 거예요.

비슷한 시기에 빨치산 활동을 했던 변숙현(1924년생, 전남 장성군)은 당시 상황을 이렇게 전한다.

> 내 생애에서 젤-로 보람 있게 산 것은 산에서 산거야. (……) 아조- 큰 포부는 그대로 갖고 걍 내가 하고 싶은 대로 허고 다녔으니까. (……) 우리는 차별이 없었어요. 그것이 좋았다고. 그렇고 좋았으니까 나같이 봉건사상에 찌들은 사람이 다- 벗어버리고 이렇고 하지."*

박선애 통일운동에 매진하다가 1950년 9·28 서울 수복 이후에는 회문산으로, 나중에는 지리산에까지 들어

* 최기자, 앞의 논문 44쪽.

갔죠. 1952년이 되자 산에서 내려와 지하활동 하다가 체포돼서 광주포로수용소로 끌려갔고, 거기서 동생과 다시 만난 거예요.

박선애 자매가 입산한 시기에는 임실군 삼계면 학정리 사촌마을에 임실군당 유격대가 자리 잡고 있었다. 임실군 유격대는 삼계면 면장을 지냈던 부유층 인물에서부터 보도연맹사건**으로 가족을 잃은 사람들, 민청원과 여맹원들로 간부급이 구성되어 있었으며 대원들은 근방의 주민들이 대부분이었다. 여기서 여성중대는 선전대 역할을 하면서 금산골에 위치한 후방대에서 옷을 만들거나 밥을 짓기도 했다. 그렇지만 상황이 급박할 때는 보초로서 경계 임무를 맡거나 전투에 참여하기도 했다.

나는 그녀들을 남자 대원들보다 훨씬 강철 같은 투사라고 평가하고 싶다. 빨치산 생활 중 남자와 여자는 똑같은

** 1948년 12월 시행된 〈국가보안법〉에 따라 좌익 사상에 물든 사람을 전향시켜 보호하고 인도한다는 취지로 '보도연맹'이 결성되었다. 한국전쟁이 발발하자 정부와 경찰은 초기 후퇴 과정에서 보도연맹원에 대한 무차별 검속과 즉결 처분을 단행하였고 보도연맹원들에 대한 집단 학살이 일어났다.

행군과 전투를 치르고 활동하면서도 여자라는 성별 때문에 특혜를 받은 적은 없었다.* 오히려 식사 준비나 빨래 등 필수적인 가사 노동은 여성의 몫처럼 여겨져 여성들이 더 많은 부담을 져야 했다.

광주포로수용소에서

박순애 광주포로수용소에 가니까 미국 놈들이 옷을 다 뺏고 미군 군복에 PWprisoner of war, 전쟁 포로라고 아홉 군데에다 써넣어서 줬어요. 몇 미터 밖에서도 그 글씨가 보여서 도망 못 가게 하려고. 그러고는 전남대 의대 운동장의 질편한 흙 위에 가마니 한 장 깔고 앉게 했어요. 여자들은 차게 앉으면 병 생기잖아요. 그때 병 안 생긴 사람이 없어요.

그놈들이 언니하고 나하고 불러서 매를 때렸는데, 그때 고통은 말로, 말로 다 할 수가 없어요. 전향하라고 언니를

* 박혜강·최태환, 《젊은 혁명가의 초상》, 공동체, 1989, 115쪽 참조.

얼마나 세게 때리는지 내가 막 펄펄 뛰었어요. 자매를 같은 데서 같이 고문할 만큼, 그렇게 잔인한 놈들이에요. 그때 나는 우리가 자매라는 사실이 원망스러웠어요.

박선애 포로수용소에 가니 다 달라져요. 어제까지 피를 나눈 사람도 변하고 좋은 자리에 있을 때는 그렇게 훌륭하던 사람도 변하고.

제일 힘든 건 사람들을 한 방에 몰아넣으니 웅성웅성하면서 혼란만 커지고 목적을 잃어버리는 거예요. 대열이 분열된단 말예요. 사람들이 무슨 말이든 할 수 있는 공간을 만들어야 하는데. 그때 조직원 세 명만 모여도 조직 생활을 시작해야 한다는 걸 깨달았어요. 누군가 말을 꺼내면 역사면 역사, 문학이면 문학, 구급약이면 구급약 하나의 주제로 집중하게 하자, 이렇게 사람을 규합하는 거죠. 거기는 공개된 장소고 헌병들한테 정보를 제공할 사람도 있을 테니 근거가 될 만한 것은 언급하지 않고요.

사람은 자기 양심에 부끄럽지 않게 살아야 한다, 우리가 지금 어려움에 처해 있는데 의리로 신의를 지켜야 한다, 자기가 옳다고 한 걸 부정하거나 큰 세력에 붙어서는 안 된다, 이런 얘길 하면서 젊은 애들하고 가까워졌어요. 처음에는 한쪽에서 말도 못하고 존재감도 없는 사람들이 끝까지 신의를 지키더라고요. 그곳에선 눈 한 번 맞추는 것도 그렇게 힘들어서, 눈 한 번 맞추면 만나는 것이고 그렇게 마음이 든든해요. 그런 사람들도 밖으로 나오면 저마다 생활이 다 다르고요.

난 사형을 구형받았다가 15년을 선고받고 온갖 고문과 독방 생활, 전향 공작으로 고혈압과 관절염을 달고 살았어요. 남자들은 더 심했어요. 각기병, 야맹증, 대장염, 괴혈병…… 그래도 여자들은 허릿심이 있어서 변소 출입은 하는데 남자들은 그냥 앉아서 계속 줄줄 쌌어요. 참, 사람이 형편없게 되는 거죠.

수용소 측에서 여성 포로들, 우리 여자들을 헌병대랑 같이 근처 야산이나 논에 보내서 산나물을 캐고 개구리를 잡게 했어요. 그때는 논 근처에 파란 개구리가 그렇게 많았어요. 쌀부대를 벌려놓고 나뭇가지로 확 훑으면 부대 안으로 개구리들이 무더기로 들어가는 거예요. 그걸 식당에 갖다 주면 끓여서 남성 포로들에게 주었어요. 상황이 이 지경이니 사람들이 죽냐 사냐 앞에서 한없이 비굴해졌죠.

난 원래 몸이 약했어요. 주는 음식을 못 먹어서 힘들어할 때, 여성 동지들이 헌병들 몰래 개구리를 숨겨 와서 챙겨주고, 소금밥을 갖다줬어요. 소금밥을 조기하고 똑같은 모양으로 뭉쳐 천막 위에 널고 햇빛에 꾸들꾸들하게 말려 풍로에 살살 구웠더니 정말 조기 냄새가 향긋하게 나는 거예요. 그건 미각이 아니라 일종의 시각인데, 그걸 먹고 기운을 냈어요. 그런 기막힌 사랑이 없었으면 그런 상황 속에서 살아남지 못했을 거예요.

박순애 포로수용소에 감찰이라는 게 있어요. 같은 포로 중에 그 일을 시켜요. 어제까지는 우리 동지인데 적이 되어서 감찰 완장을 어깨에 달고 우리를 고문하는 거지요. 누군가 고발해서 형무소 가게 하면 저희들은 실적이 오르고 인정을 받아서 석방되는 거예요. 그럴 때가 아주 힘들어요. 처음에는 아주 가까웠던 사람들이 나중에는 더 무섭더라고요.

전향과 비전향 사이

박선애 1955년에 전국에서 비전향자들을 서대문 형무소로 모았어요. 그랬더니 여자만 300명쯤 됐어요. 전체가 온 것이 아니라 좀 문제가 있다고 생각하는 사람들만 모았죠. 방마다 한 명씩 집어넣고 연필이랑 종이 하날 주고 전향서 쓸 사람은 쓰고 안 쓸 사람은 안 쓰겠다고 종이에 적으라 했어요. 안 쓰겠다고 한 사람이 마흔댓인가, 그런 사람은 A급, 특별사로 넣고 나머지는 B랑 C로 나눴어요. 우리는 특별사로 들어갔는데 일도 안 시켰어요.

1960년에는 비전향자랑 같이 있으니 못쓰겠다고 해서 전국으로 분산시켰죠. 나는 광주로 갔어요. 광주교도소에서는 어느 날, 옥사가 사형장 옆에 있을 때였는데 새벽 두세 시에 우릴 깨워서 "짐 챙겨, 짐 챙겨" 하며 데려가는데, 복도까지 사람들이 꽉 차서 "인민공화국 만세!" 소리가 함성처럼 들렸어요. 그런 소리가 세 번째 날 때 철커덕 소리가 났고 다 같이 우는데, 한 애가 "오빠~" 하며 쓰러졌어요. 애가 1시간 정도 의식을 잃었는데 옆의 친구가 말하길, 오빠는 중학교 2학년 때 월북하고 부모는 현장에서 죽고 남은 딸만 미군에게 이리저리 끌려 다닌 거예요. 오늘 저 소리를 들으니 오빠 목소리라는 거죠. 교도관들은 양공주들에게 "야, 저 사람들은 같은 편이나 되니까 울지만 너는 왜 우냐, 이년들아. 시끄러워죽겠다" 하고 윽박을 질렀어요.

공주교도소에서는 비전향자를 방에 묶어놓고 불을 질렀죠. 거기 조치원에서 온 여자가 있었는데, 딸이 사회주의 운동을 했어요. 나이는 스무 살이고 초등학교 교사인데, 끌려가면서 애절하게 어머니를 불렀죠. 아줌마도 원통해서 딸을 부르면서 소리쳤어요.

"니가 죽으면 이 에미는 누가 돌보냐."

"어머니, 나 죽어도 딸 아들이 많이 있으니 걱정 마세요."

"누가 내 딸같이 해주겠냐. 누가 효녀 내 딸같이 해주겠냐고."

그렇게 영원히 헤어졌어요.

5·16 군사 쿠데타가 나니까 8월에 비전향자들은 싹 다 대전으로 오라고 했어요. 대전이라는 데가 무섭기로 유명하거든요. 내가 이감을 많이 다녀서 어딜 가나 아는 사람이 있는데, 거기 가니 사람들이 방에 있는데 한 사람도 나

와서 내다보질 않고 조용하니 무덤 같았어요. 대전 무섭단 소린 들었지만, '감옥 속의 감옥'이라더니 정말 면식이 있는 사람들조차도 날 보고도 한마디도 못 하더라고요. 교육을 단단히 받은 거죠.

우리는 병실을 겸한 동으로 보내졌어요. 어느 날 사람들이 집결해 있는데, 새로 들어온 사람 중에 어떤 여자 하나가 막 울고 있었어요. 그런데 내가 아는 엄정숙(가명)인 거예요. 전주서 왔다는데, 얘기를 하면서 울다가 웃다가 그래요. 엄정숙이 "원수를 죽여라" 하고 발작하면서 소릴 질러대면 간수들이 달려와서 그녀를 꽁꽁 묶어 우리 앞에다가 매달아놓았어요. 사람이 아무리 밉다 해도 다른 사람들 앞에 매달아놓고 그걸 쳐다보게 하다니. 그러다가 엄정숙이가 "용감한 용사, 대한민국~" 하면서 대한민국을 찬양하는 노래를 실컷 부르면 또 풀어놓고. 내가 "미쳤어? 왜 그래?" 하고 물어도 대답이 없어요. 나중에 엄정숙의 사정을 건너 들었어요. 감옥에 앉아 있으면서도 그런 소문은 빨리 들어와요. 아무개는 잘 싸우고, 아무개는 변절하고.

엄정숙 남편이 이현상*의 조카예요. 하나 있는 딸을 시어머니에게 맡기고 물불 안 가리고 활동했다는데 6·25 때 잡혀가서 6·25 때 나왔고, 다시 고아를 하나 데리고 공장으로 들어가 조직 활동을 하려다가 들통이 나서 들어왔대요. 전주에 있을 때 무기를 받고 들어와서 취조를 받다가 취조 정보원하고 동거를 하게 됐대요. 6개월을 같이 살면서 조직에 대한 걸 다 불어버렸죠. 솔직하게 말하기만 하면 봐준다고 하니까 다 얘기해버린 거예요. 자길 넘기지 않을 줄 알았으니까. 취조원들은 그런 식으로 정보를 알아내거든요. 그런 식으로 속이면 넘어가는 여자들이 있고, 한 번 넘어가면 결국 계속 믿고 말하게 되는 거죠.

어느 날 그 남자가 "너 넘어간다"라고 하더래요. 무슨 소리냐고 하니까 일은 다 끝났다면서 이만한 서류를 보여줬어요. 그 서류를 확 찢으려고 달려드니까, 그걸 캐비닛에 넣고 잠그면서 "야, 이건 통일되면 쓸 너 재료야" 하더래요. 그때부터 미쳐버린 거죠. 그렇게 다시 무기를 받

* 1905년생 사회주의 활동가. 광복 이후 조선공산당 재건에 참여하였으나 남한에서 공산당 활동이 불법이 되자 월북하였다. 한국전쟁 때 빨치산 투쟁을 앞장서서 전개하였고, 남한 빨치산 조직 남부군 총사령관으로 임명되기도 하였다. 1953년 휴전 이후 지리산 공비 토벌 작전 때 사살당하여 생을 마감하였다.

고 넘어왔고요. 법정에 가서는 전향서 안 쓴다고 막 싸우고, 소리치고. 전향을 안 한 우리 셋한테 일제 때부터 다 기록되어 있더라는 말을 하는 거예요. 변절한 사람 기록까지 다. 그래서 우리 곁으로 넘어온 거죠. 나는 그것도 몰랐냐고, 그 사람들이 맨 나중에 써먹는 방법이라고 타박했어요.

우리가 체포되고 나서 봤을 때 난세에는 예쁜 여자들은 고통을 더 당했어요. 그러면 여자들은 대부분 무너져요. 한번 잘못됐어도 다시 일어나는 용기를 가져야 하는데, 너무 힘들고 절망적이니까 자기는 이미 틀렸다고 자기 잘못으로 생각하고, 끝났다 여기고. 당하고 나면 그렇게 자신이 없어져요. 우리 친구 중에도 그런 사람이 많이 있어요. 엄정숙도 바로 그런 케이스고. 그이는 무엇엔가 자신을 바치지 않으면 못 사는 형이죠. 예수라도 붙들고 있어야지, 그렇지 않으면 그 여자는 미쳐요. 우리가 공장에 못 가니까 이렇게 독방에 앉아서 사람을 관찰하고 있더라고요.

그때 정조라는 것은 왜 중요했냐면, 정조가 곧 정신인

시대여서 정조를 한 번 주면 마음이 약해져버렸어요. 그 때부터 마음대로 해버리고요. 엄정숙도 마음이 약해져 모든 걸 실토해버렸고, 법정으로 끌려가서 전향서 안 쓴다고 고래고래 소릴 질렀다가 대전으로 넘어온 거죠. 여기서도 소릴 질러대니 그 여자 때문에 도저히 잠을 잘 수가 없었어요. 밧줄로 묶고 방성구*를 물린 채 우리 앞에 매달아놓아도 우리를 욕했다가 저희를 칭찬했다가 하는 통에 뭘 마음 편히 먹지도 못하겠는 거예요. 남자들은 엄정숙이 발광을 하면 제압하고 남자 생각이 나서 저런다고, 저런 것은 남자를 좋아하는 형이라서 남자가 오면 조용해진다고 하고. 아니 묶으려고 남자 두세 명이 오면 조용할 수밖에 더 있어? 그런데 그런 소릴 해대죠. 그 말이 얼마나 모욕적인지 속이 뒤집혔어요. 그때 내가 혈압이 생긴 것이 지금까지 고생해요.

엄정숙도 정신이 좋을 때는 말이 통해요. 그러다가 자기 속이 터지면 발광을 하죠. 한 번은 우리 셋이 있을 때

* 소리를 내거나 말을 하지 못하도록 사람의 입에 물리는 물건으로, 나무로 만든 돌출부가 있는 가죽으로 된 마스크나 입에 물리는 재갈 등 형태가 다양했다.

엄정숙에게 담요를 뒤집어 씌워놓고 막 때렸어요. 우리를 못살게 굴지 말라고. 아주 죽던지 정신을 차리라고 했어요. 교도관이 알았다면 우리가 혼났을 텐데 아무 말도 안 해요. 엄정숙이 계속 소리 지르고 난리를 치니까 나중엔 우리가 면회를 신청했어요. 우릴 죽일 작정이냐고, 딴 방에 보내달라고. 이 방에 놨다 저 방에 놨다 하는 건 우리에게 고통을 주려는 거지 뭐란 말이냐 따졌죠.

결국 엄정숙을 공장에 데려다놨는데, 거기서 예수쟁이가 엄정숙을 전도했어요. 이제 예수를 믿는대요. 믿음도 푹 빠져서 할 성격이에요.

그곳에서 김숙희(가명)도 만났는데, 김일성대학 문학과를 나와서 문학 얘기를 하니까 잘 통하더라고요. 나하고는 아주 친했죠. 아버지가 친일파라서 해방 후 고개를 들고 다닐 수가 없었다나. 아버지 보고 차라리 가서 죽으라고, 뭣 땜에 친일파를 했냐고, 교장이나 하지 왜 군수를 했냐고 따졌대요. 게다가 오빠는 14연대 사단장인데 친미파였고요.

김숙희는 밖에서 노조 활동을 하다가 6·25 때 의용군을 나갔대요. 그러고는 의대를 갔는데 문과가 좋아서 전과를 해버렸어요. 의용군 갔다 온 사람들은 자기가 가고 싶은 학과로 갈 수 있도록 특별대우를 해줬다고. 공부가 힘들어 교복 칼라 빨아 입는 시간도 아껴서 열심히 공부를 했는데도 입당 허락이 나질 않아서, 왜 그런고 하니 자기가 가르치던 아이부터 입당을 반대했다는 거예요.

그 아이는 부모가 빨치산 투쟁으로 죽어버리고 어느 농민 집에서 고생하며 자랐어요. 북간도에 살았는데 순경들 때문에 초등학교도 다니기 힘들었죠. 해방 후에 북에서는 그런 애들을 먼저 데려다 공부시켰어요. 나이는 중학교나 고등학교 갈 정도가 되었지만 학교를 다닌 적은 없으니 김숙희가 호조*로 딸려 들어간 거예요. 김숙희는 경북여고를 나와 김일성대학을 다녔으니 호조를 맡은 아이가 두 셋은 됐대요. 맡은 애의 성적이 오르지 않으면 책임을 져야 하고요. 그런데 그 아이가 김숙희의 입당을 반대하면서 이렇게 말했대요.

"나는 저 사람을 우리 계급과 동등한 당원으로 받아들

* 당에서 지정한 학생의 교육을 맡아 상급학교로 진급시키는 역할로 추정된다.

이는 것에 반대한다. 인간적으로 미워하지는 않는다. 그러나 비바람과 눈보라 속에서 우리 부모가 총칼을 들고 싸우고 있을 때, 쟤는 편하게 쌀밥을 잘 먹으면서 인민들을 전선에 내보내고 착취했다. 우리 아버지를, 우리 조국을 생각하면 지금 저 사람이 나와 똑같이 당원이 될 수는 없다. 쟤는 공부를 더 해야 된다."

그래서 김숙희는 바로 당원 가입을 못했고 굉장히 섭섭했대요. 결국 김일성대학을 나올 때까지 입당을 못해서, 오기로라도 올바른 노동자 계급의 일을 해야겠다고 결심했다고 해요. 그래서 이기영 씨가 회장으로 있던 '조선문학예술동맹'에 원고를 들고 찾아가기도 하고요. 가서 소설을 보여주면 그가 몇몇 부분을 고쳐줬고, 그러다가 사람들이 김숙희를 인정하게 돼서 입당할 수 있었다는 거예요.

그렇게 인정받는 과정에서도 자기는 아버지와 오빠 때문에 떳떳하지 못해서 무척 괴로워했어요. 그래서 남파를 자원했고요. 당에서는 지금은 남파보다는 여기서 보다 나은 방향으로 활동하라고 했지만 계속 당에다가 탄원서를 냈대요. 보내달라고. 자기도 한 번 떳떳하게 나가서 싸워

봐야겠다고 계속 우겨서 결국 중앙당에 가서 검열을 받았고, 보통 당원 활동 기간이 긴 탄탄한 사람들이 남으로 가는데 자기는 당원 활동 기간은 짧지만 그런 이유로 오게 된 거라고.

그렇게 남으로 왔는데 원래 지리에 어두운 편이라 선을 못 찾아서 잡혀버린 거죠. 구속되는 과정에서 비로소 가르치던 애가 자기를 왜 못 받아들였는지를 알게 됐대요. 그녀는 그래도 인텔리였는데, 교도소에서도 인텔리라면 조금 대우가 다르거든요. 그런데도 "이 년, 개 같은 년, 미친 년" 소릴 들으니까, 태어나서 그렇게 모욕적인 경우를 당해보질 않았던 자기한테는 그렇게 충격이었대요. 게다가 오빠가 박정희에 밀려나기는 했지만 아직 힘이 있어서 변호사를 대줬죠. 그 과정에서 아, 노동자들이 이때 적개심이 생기는 거구나, 아직도 내게 올바른 의식이 없구나, 소시민의식이 남아 있구나, 그런 걸 깨달았다는 거예요. 게다가 자기는 자기를 인간 이하로 대하는 것만은 도저히 견뎌낼 수가 없더라고. 막상 법정에 가서는 전향서 쓰는 걸 거부하고 이렇게 말했어요.

"이 조국을 위해 끝까지 싸운 사람이 누구인가. 여기서는 김 주석을 나쁘다고 하지만 김 주석이 왜 나쁜가. 미제는 물러나야 한다."

그때 오빠와 아는 검사가 와서 최후진술만 잘해도 구제받을 수 있는데 그런 식으로 말하면 구제받을 수가 없다고 얘기했고, 결국 여기로 오게 된 거예요.

대전교도소에서 한번은 시내에 가서 〈아씨〉라는 영화를 보여주고 이튿날 감상문을 쓰라 했어요. 영화 보는 데 간수들이 다섯 명쯤 따라가고. 저희들 밝은 세상을 보고 전향하라는 거죠. 감상문을 안 쓴다고 하니까 "왜 안 쓰느냐, 사실대로만 써라" 하고 윽박을 질러요. "내가 감상문을 쓰면 당신들이 이중 삼중으로 내게 가해할 텐데 내가 그걸 알면서 어떻게 쓰느냐"라고 했더니, 사실대로만 쓰면 절대로 그러지 않는다고 말하는 거죠. 내가 계속 못 쓰겠다 하니 소장 놈은 당신들 위해 문화 사업을 하는 건데 왜 그러느냐 설득하고. 그래서 나는 "당신네들 문화 사업 하려면 앞으로 수십 년을 봐야지, 금방 빵 하나 먹고는 배가 부르겠냐. 오랫동안 먹고 소화시켜 영양소가 되어야 허지 않느냐. 금방 나한테 감상문을 받는 문화 사업이 어디 있느냐. 정말 당신네 나라에서 나를 변화시키려는 문화 사업을 하려고 했으면 내가 여길 나간 후에도 '아, 대한민국이 정말 좋구나'라고 느끼며 변해야지, 그 자리에서 바로 변하는 문화 사업이 어디 있나?"라고 따졌죠.

그때가 1963년이었는데, 인천 앞바다가 얼고 최악의 추위가 찾아온 겨울이었어요. 그때 여자 비전향자가 11명인가 있었는데 윤○○이라는 소장 놈이 "당장 그 년들을 싹 발가벗겨 갖고 독방에다 집어넣어"라고 명령을 내렸어요. 솜옷도 안 주고 홑바지 죄수복 하나만 입히고 맨발로 집어넣었죠. 앞방에는 일반수들이 있으니 그 사람들 보면 안 좋으니까 밤에 미리 커튼을 치고. 나는 유격 전술대로 해본다고 막 뛰고 거꾸로 서고 노래하고 그랬어요. 가만히 서 있을 수는 없으니까 계속 움직인 거죠.*

그곳에서 나는 나에게 물었어요. 앞서 가버린 동지들은 뭣 때문에 죽었는가. 우리가 조국 통일된 나라에서 살아야

* 수감된 비전향자 전원을 전향시키라는 정부의 방침에 따라 전국에서 행해진 악명 높은 탄압으로, 이때 대부분의 여성 수감자는 전향서를 썼다고 한다.

하는데, 못 다한 임무를 내게 주었는데 나는 왜 이러고 있나. 내가 뭣 때문에 이렇게 추운 곳에 있는가. 내가 스스로를 비판하면서, 그렇게 얼음이 하얗게 언 방에서 앞서 간 동지들, 우리 동생, 오빠를 생각하면서 5개월을 버텼어요.

이름도 성도 모르는 사람이 총을 딱 메고 맨 앞장에 서서 "노래를 부릅시다. 빨치산 노래를……" 하고 선창하던 모습이 떠올라서, 나도 따라 불렀어요. 그 사람은 전투에 나가서 돌아오지 못했어요. 우리에겐 이름 없이 죽어간 사람들이 너무나 많아요. 그 사람들의 어머니, 아버지는 얼마나 기다릴까. 어디서 죽은지도 모르고. 독방에서 답답하고 힘들 때면 먼저 떠나간 동지들을 생각하며 그렇게 견뎠죠. 그들이 무엇을 부탁했는지 잊을 수가 없어요.

전에 교육과장은 나에게 "당신은 어떻게 해서 이렇게 끝까지 당당하게 살 수가 있는가? 당신이 이론적으로 갖춰져서 그런가, 실천력 때문인가?"라고 물었는데, 나는 "모든 것은 투쟁을 통해서, 경험과 실천을 통해서 느끼고 실행했기 때문"이라고 대답했죠.

추운 감방 안에 옷도 제대로 못 입고 있으니 사람들이

문둥이같이 얼어서 다 동상에 걸렸어요. 김숙희는 제일 먼저 손이 얼었죠. 같이 있을 때는 모두 그러자고 해서 감상문을 안 쓴 거지만, 독방에 있으니 저 사람들이 나 때문에 고생하고 있는 것 같아 다 같이 반성문을 쓸까 하는 생각이 들더라고요. 그래서 옆방에 어떻냐, 견딜 만하겠냐, 물으면 "아, 걱정 마라, 견딘다"라는 대답이 돌아오고, 그럼 같이 견뎌보자고 통방通房*이 도는 거예요.

의무과에서 와서 동상 치료를 한다고 약을 바르는데 꼭 피부가 문둥이같이 됐어요. 그나마 나는 좀 덜 얼었는데, 의무과 사람들이 오든 말든 뛰어댔으니까 덜 추웠던 거죠. 이 상황이 열흘이나 가니까 법무부에서 시찰을 왔어요. 교도소 쪽에 왜 이러느냐고, 우리 상황이 사람 같지도 않고 처참하니까 뭐라고 했는가 봐요. 막상 우리는 가만히 있는데도. 그런 상황에서 기독교 교무과 장로가 나 있는 독방 문을 열고 들어오는데, 여기 서 있지도 말고 나가라고 탁 쏘았죠. 그 목사가 다른 여자 한 명을 또 찾아갔는

* 교도소에서 이웃한 감방의 수감자끼리 암호로 소통하는 것.

데, 그 사람은 내가 나온 후에 정신질환으로 미쳐버렸죠.

독방에 갇혀 있는 동안 네댓 명이 못 견디고 나갔어요. 나머지 사람들을 다시 한 방에 모아놨다가 다시 한 달 있다가 흩어놨어요. 그때 전향서를 쓰라고 또 공작을 했고, 김숙희가 먼저 걸린 거예요. 아침부터 저녁 늦게까지 목사가 김숙희 방에 들어가서 끈질기게 회유했고, 어느 날 변소 갈 때 김숙희가 지나가면서 "야야, 난 전향서 썼다"라고 말하더라고요. 전향서를 하는 수 없이 쓰는 사람도 있고, 그랬다고 사상이 변한 것은 아닌 경우가 있다는 걸 이해하니까 "그러냐, 잘 썼다" 했죠. 그런데 김숙희는 "나는 네가 생각하는 전향이 아니야. 나는 변절했어. 나는 완전한 변절자야"라고 자조하듯 말하는 거예요. 김숙희는 통방으로 "친일파의 딸이고 친미파의 동생인 나는 도저히 함께할 수가 없다. 사상을 지킨다 해도 너무도 큰 것을 안고 있기에 함께하기는 어렵다. 나는 내 올 길로 온 것 같으다. 그러니 나를 이해해라" 하더라고요. 그 상황에서 잘했다 못했다 할 수도 없어서 "그래?" 하고 지나갔는데, 그 후 난 1965년에 만기로 나왔죠.

박순애 대전교도소에서는 전향서를 써도 교회를 믿지 않으면 인정하지 않았어요. 난 전향서를 쓰지도 않았지만 교회는 더욱 더더욱 믿지 않아서 3년 동안 독방에 있었어요. 그래도 같이 있을 땐 아무리 작은 것이라도 똑같이 나눠먹고 하는 재미가 있었는데, 그때 잡범들이 놀랐어요. 세상에, 나눠먹다니……. 우리가 빨치산 활동에서 배운 것이죠. 교도소에 우리 같은 빨치산들이 들어가면서 나눠먹는 문화가 생긴 거예요.

독방에 있으니 얘기할 사람도 없고 밥도 거의 먹지 못한 상태로 지냈는데, 어느 날은 허연 지렁이가 목으로 기어 나오는 거예요. 그래도 약 하나 주지 않아 병이 악화되고 결국 복막염에 걸렸어요. 배가 너무 너무 불러서 내가 봐도 터져버릴 것 같았어요. 아프다기보다 압박감이 못 견디겠더라고요. 의무과장이 와서 나를 의자에다 앉혀놓고 청소하는 아줌마들 보고 양쪽에서 붙들라 하더니 쇠꼬쟁이 같은 거를 콱 박더라고요. 거기서 애 오줌보다 가늘게 졸졸졸 물이 나왔고, 밑에 바께스를 받쳐놓고 모두 가버렸어요. 누구 하나 내다보는 사람 없이 썰렁한 방에 혼자 앉아 있었더니 다 식어빠진 보리밥 한 덩이가 왔어요. 그래도 살겠다고 누워서 하나하나 떼어서 씹어 먹었어요.

박선애 교도소에서는 밥을 재소자마다 다르게 줬어요. 1등 밥은 중노동, 2등은 중중 노동, 3등은 보통 노동, 4등은 선량한 재소자, 5등 밥은 처음 재소자의 몫. 1960~70년대에는 구더기 괴는 부식이 나왔어요. 일반 시장 가격에 맞춰 예산이 나오면 못 쓸 것, 폐기처분용 사서 재소자에게 주고 착복했어요. 식품을 실어오면 교도소 뒷문*으로 나가 차로 실어 갔죠. 쌀은 나가기만 하면 헌병대에 팔아 돈이 되었으니까. 밥은 실제로 지어놓고 제대로 된 부분은 갖고 나가서 오꼬시** 만드는 곳에 팔고 허튼 밥만 남겨서 밥에도 시커먼 밀 껍질이 3분의 1은 되었어요. 깜부기 같은 것, 밀 껍질, 호밀 껍질이 들어오면 아무리 배고파도 골라내야지 목구멍으로 못 넘겨요. 사실상

* 죽을 때 나가는 문으로 지키는 사람이 없다.

** 일본어에서 유래한 말로 쪄서 말린 쌀로 깨, 콩 등을 넣고 물엿으로 굳힌 과자를 말함.

사료를 준 것이죠. 정부는 예산대로 식료를 배급하라 했지만 밥을 먹고 나면 누구나 밥그릇 옆이 골라낸 껍질로 수북했어요. 200~300명이 집단으로 쓰러지고, 주방 관리 주방장이 항의로 자살한 일도 있어요.

하루저녁에 이랑 벼룩이 판을 친 적도 있어요. 새로 들어온 잡범에게 DDT를 안 해줘서 순식간에 퍼진 거예요. 그때는 하룻밤에 아흔아홉 고개를 지난다고 했으니까. 1967~8년에야 이랑 벼룩이 없어졌을 거예요.

기가 막힌 사연을 지닌 사람들도 있었죠. 완도에서 온 할머니는 아들 간을 먹었다는 거예요. 경찰이 "이런 아들 낳았으니까 아들의 간을 먹으라"라고 했다나. 할머니가 계속 "내가 아들 간을 먹었어, 난 아들 간 먹은 사람이야" 하시더라고요.

박순애 10년 만에 병보석으로 출소하고 고향으로 돌아가 아버지의 극진한 간호를 받았어요. 그런데 아픈 몸이 나으면 다시 수감될 위험이 있었기 때문에 회복이 덜 된 몸으로 고향집에서 도망 나와 서울로 갔지요. 그때

이른 새벽에 역까지 바래다주던 아버지 모습이 아른거려서 서울에 도착할 때까지 눈물이 났어요. 그게 아버지와의 마지막 만남이었죠.

박선애 난 1965년 만기 출소해서 결혼을 했는데 마흔둘에 딸을 낳아서 동지들 사이에서 화제가 되었어요. 스물여섯에 빨치산으로 있을 때 끊긴 생리가 한 10년 지나고 교도소에서 나오기 시작했어요. 마흔하나에 애를 가졌을 때 다 못 낳는다 했죠. 저의 출산으로 동지들 중에 늦게라도 애를 낳거나 양자라도 키워볼까 하는 사람들이 생겨났어요.

그러다 나는 사회안전법*으로 1975년에 다시 교도소에 들어갔지요. 이 양반(남편 윤희보)이 먼저 들어가 있고 내가 여섯 살 난 딸을 떼어두고 갔는데, 딸이 고아원으로 보내지면 혹시 해외로 입양되는 건 아닐까 하는 걱정에 처

* 사회안전법은 박정희 정권이 고문으로 전향시키지 못한 좌익수와 이미 만기 출소한 비전향자들을 효율적으로 통제하기 위해 1975년 날치기로 통과시킨 법으로, 1989년까지 존속했다.

음으로 전향을 고민했어요. 다행히 면 친척집을 전전하고 있는 딸을 동생이 찾았어요.

박순애 타지에서 식모 생활을 하다가 언니 소개로 남편을 만났어요. 남편은 김일성대학을 다니다가 한국전쟁 때 남한으로 내려와서 후퇴하지 못하고 입산한 빨치산이었어요. 북이 고향이라 친인척이 없었기 때문에 나는 가호적을 만들어 친한 동지 몇 사람을 제외하고는 외부와 연락을 끊고 살면서 경찰 감시를 피하려 했죠. 그런데 경찰의 집요한 추적으로 결국 신변이 탄로 났어요. 파출소 순경 놈들이 뻔질나게 정복을 입고 찾아오니 동네가 뒤집어졌죠. '간첩이 나왔나 보다' 하는 눈으로 동네 사람들 눈초리가 매서워졌고, 어느 집 애도 우리 집 애하고는 안 놀아줬어요. 그때 남편은 고문 후유증으로 병원에 있었고 형부와 언니는 수감된 상태라 친척집을 전전하던 조카를 남편 호적에 넣어서 키우고 있을 때였어요.

이 사정을 눈치챈 담당 형사가 오히려 법원에 항소를 해줬어요. 이 여자를 교도소에 넣으면 세 초상이 난다고. 남편도 죽게 생겼고 어린 딸이 있으니, 이 여자가 교도소에 가면 딸까지 죽을 것이고 이 여자도 살 것 같지 않다고. 세 사람 모두 죽게 생겼으니 이러한 참상慘狀을 고려해야 한다고.

나는 복막염 후유증으로 자식을 못 낳아요. 남편 병원비로 전세금도 없어졌는데 언니 형부 옥바라지는 해야 했어서 그때 안 해본 장사가 없지요.

박선애 교도소에 다시 들어가 보니 아직도 김숙희가 있었어요. 김숙희는 의대 1년 다닌 경험 덕분에 간경부* 소속이 되어 있었고요. 다시 만나니 "예수 믿기 전에는 같은 사상을 가진 사람은 아무리 못나고 시골뜨기 바보라도 그렇게 좋더니, 이젠 예수쟁이만 보면 그렇다" 하는 거예요.

"나는 너 알다시피 내가 가야할 데로 왔는데, 전향서를 쓰고 난 후 1년 동안 잠을 못 잤다. 그래도 1년 동안 김일성대학 시절 얘기라든지 쓰라는 것은 다 썼다. 그런데 너는 절대 글로는 쓰지 마라. 글은 영원히 남고 말은 없어질

* 교도소에서 의무실과 유사한 역할을 수행하는 곳이다.

수 있는 거니까. 그래도 친구는 거기 사상 친구밖에 생각 안 난다. 결혼은 했니?"

"응, 같은 사람하고 했다."

"그럴 것 같았다. 나는 결혼은 못할 것 같으다."

"왜, 그런 사람 만나서 하지."

"아니, 아무래도 할 수가 없어. 난 다른 건 다 잊었는데 너는 안 잊어진다. 내 손이 꽁꽁 얼었을 때, 네가 내 손을 꼭꼭 잡아 녹여줬으니까. 그걸 잊을 수가 없다."

"예수가 진짜 믿어지니?"

"야, 믿으면 이렇게 좋은 줄 몰랐다. 진짜 좋다."

이제 김숙희는 안에서 예수 믿으라고 선전하고 다녔어요. 사람이 변했는지 간경부에 있으면서 도둑질하는 사람이 약 달라 하면 '너같이 나라에 쓸모없는 것들이 무슨 약을 달라느냐' 하고 소리를 고래고래 질렀죠. 그렇게 약도 안 주고 제멋대로 행동했어요.

그런데 나한테만은 약도 주고 잘해줬어요. 자기는 양심적으로 살기 때문에 한 번도 관을 속여본 일이 없다는데, 나를 위해서는 과일이나 떡도 갖다줬죠. 하루는 내가 책을 보고 있었는데 "이야, 부럽다. 너는 여섯 살 먹은 딸을 두고 와서도 아무 근심 없는 편안한 표정으로 책에 열중하는구나. 누가 너 보고 여섯 살 난 딸 두고 남편이 옥에 있는 사람이라 하겠니?" 하더라고요. 딴 사람에게 "야, 이 거지같은 년아. 네 년이 나라의 좀벌레지 뭐냐" 하고 간수보다 더 지랄하는 걸 보면 옛날 모습이라곤 찾아볼 수 없어요.

사람의 품성은 그 사람이 자라온 환경이 결정한다고 봐요. 집안에서 존경받지 못한 사람은 밖에 나와서도 존경받기 어렵죠. 그들은 소영웅주의에 빠져 억지로 꾸며대기도 하고. 학력이 높고 엘리트인 사람들은 자기네 생활 외에 밑바닥 생활을 모르니까 이끌기가 또 어렵고. 그런데 바보라고 생각했던 사람들이 더 똑똑하게 분별해요. "예에? 뭐요?" 하고 물어보던 사람들이, 그런 분들이 할머니가 되어도 자식 하나라도 올바르게 잘 키워요. 오히려 똑똑하고 말 잘하던 사람이 바보가 되어 있기도 하고. 사람은 또 보고 또 보고 또 관찰하고 또 관찰해야 하는 존재예요. 함부로 재단해서는 안 돼요.

박순애 우리 애 이름은 봉혁이거든요. 뫼부리 '봉' 자에다 붉을 '혁', 본래 이름은 산봉우리의 봉화죠. 집에서는 애칭으로 "봉울아, 봉울아" 불렀는데, 학교 갈 나이가 되자 딸에게 말했어요.

"산봉우리. 얼마나 이쁘냐. 그런데 이제 너는 봉우리라고 할 수 없으니까 이름을 지어야 된단다. 그래서 그 멋있는 이름보다 어머니 아버지 이름을 하나씩 떼어주는 게 젤 나을 것 같아. 아버지 이름 윤희보의 '희'자 하고 어머니 이름 박선애의 '선'자를 따서 '희선'이라고 하자. 긍게 이제 누가 네 이름을 불러주면 어머니, 아버지를 잊지 말아라. 네 이름 속에 어머니, 아버지가 들어 있으니까."

그런데 저는 고희선이 아니잖아요. 윤봉혁이지. 그런데 자기가 어째서 고희선이라 불리는지, 굉장히 고민하고 고통스러워했어요. 게다가 아버지도 아닌 이모부를 아버지라 하고 어머니도 아닌 나를 어머니라 하고, 그 사실을 누구한테도 말해서는 안 되고. 얼마나 답답했으면 1학년 때 나하고 둘이 자는데 이렇게 말하더라고요.

"엄마, 나는 윤봉혁인데 왜 윤봉혁이라 안 하고 고희선이라 해야 돼? 나는 윤봉혁이라고 한 번만 소리쳐도 돼?"

내가 눈물이 나서 "응 그래라" 하니까 딱 앉아서 "나는 윤봉혁이다~" 소리치더라고요. 그 비밀이 저한테는 너무너무 엄청난 거예요.

박선애 나는 내 딸이 4학년이 될 때 나왔어요. 동생 아니면 딸은 죽었거나 잃어버려서 다신 만나지 못했겠죠. 동생 남편은 옥에서 나온 뒤에 죽었어요. 몸에 박힌 파편을 빼질 않아서 혈관을 돌다가 죽은 거예요. 병명도 없었어요. 병구완 하느라 동생은 전세까지 말아먹었는데 허망하게 죽어버렸죠. 동생은 비쩍 마르고 나는 감옥에서 금방 나와서 혈압이 높아 아무 일도 못하고 우리 애는 가르쳐야 하고. 그때는 누구도 오지 않고 친척도 도와주려 안 하니 어디서 일할 수도 없었어요. 우리 모녀는 동생 일하는 집에 가서 밥 빌어먹으면서 지냈어요. 주인집 집안일을 해주면서 방 하나 얻는 셈치고. 그동안 살림살이도 다 팔고 그 돈도 3년 동안 병원 다니며 다 썼어요. 그나마 몸이 나아져서 참기름 장사를 다니며 100만 원, 200만 원 모은 것이 700만 원이 됐고, 그걸로 방을 얻어야 하는데 누가 돈을 더 융통해줘서 1,000만 원으로 이 방을 얻었죠.

남편이 19년 만에 나왔는데, 그 전에 방 두 개짜리를 얻어보려고 했지만 안 됐어요. 그동안 고생도 많이 했지마는 이제 통일이 눈앞에 다가온 것 같아서 기대하고 있었어요.

내가 듣기로 제주도는 여성들이 너무 잘 싸운다고 했어요. 안타깝게도 4·3 전사들은 모두 산화되었지만. 재가 되고 재가 되어 싹이 났을 거예요. 오늘 찾아온 여러분들을 보니까 우리나라 통일이 꼭 되겠다는 생각이 들어요.

> 제주도 여성분들은 절개가 강하고 과부로 있어도 어린아이 하나둘만 있으면 웬만큼 재혼도 않고 굽히지 않아요. 나는 그것을 좋은 점으로 봐요. 육지 사람들이 볼 때는 편파적이고 편협하다고 할 수 있겠지만 제주 자체가 독립성이 있어 가지고, 나쁘게 해석하면 뭐하지만 좋게 해석하면 단결이죠. 그때 듣기에도 육지 경찰이 들어오면서부터 사상적으로 동요하지 않던 사람까지도 뭉치게 되었다고 해요. 전 도민이 일치단결하게 됐다고요. 민중운동이라는 것

이 그런 것 아닙니까. 나쁘게 말하면 이용이라는 것이고 좋게 말하면 그 흐름을 타는 거죠.

윤기남

이후 박선애 씨는 '범민족대회 추진본부'에서 활동하였다. 1998~2000년 조국통일범민족연합 서울시연합 부의장으로, 전국여성연대 고문으로 여성운동 후배들을 독려하였다.

2010년 9월 25일, 그녀가 심장마비로 별세하였다는 소식을 뉴스로 접했을 때 나는 조문을 가지 못했다. 나 또한 암 수술을 받고 항암치료를 받고 있을 때였는데, 잊고 살았던 박선애 씨의 모습이 하얀 병실 공간 위로 떠오르고 있었다. 여전히 웃는 모습이었다. 그날의 착잡했던 심정을 어떻게 말할 수 있을까.

작가의 말

증언 채록을 처음 시작할 때, 나는 20대의 미혼 여성이었다. 4·3 현장에 접근하기 어려운 조건이었는데 '제주 4·3 연구소'를 창립한 선배들이 길을 터주었기에 증언을 채록할 수 있었다. 30여 년 전 그분들은 미숙한 나를 데리고 다니며 4·3 현장을 뒤덮은 반공 이데올로기를 걷어내 그 시대 제주 사람들의 소망과 열정, 그리고 좌절의 깊은 상처를 볼 수 있게 해주셨다.

김진언 할머니와 5년여를 만나면서 탁월한 능력과 품성을 가진 한 여성이 역사의 투망에 갇혀 고적한 말년을 보내는 모습을 보았다. 밥을 많이 한 날은 혹시 누가 오지 않으려나 기대하게 된다고 하시던, 사람을 반기고 극진히 대접하는 모습이 오래 기억에 남는다. 그분들이 이루고자

했던 좋은 세상도 사람을 귀히 여기던 그 마음속에 있지 않았을까. 할머니의 집밥을 셀 수 없이 먹으며 들었던 한 여성운동가의 꿈과 좌절을 후세에 전하고 싶었다.

통일운동가 박선애 씨가 끝까지 전향하지 않은 것은 먼저 간 동지들에 대한 예의도 컸으리라 짐작한다. 그러나 돌아가시는 날까지 통일운동의 끈을 놓지 않을 수 있었던 것은 무엇보다 자신의 의지였다고 생각한다. 자신이 속한 공동체에 대한 신념과 높은 자존감이 어떤 상황에서도 자신을 밀고 나갈 수 있는 동력이 되었을 것이다. "곧 통일이 될 것 같다"라고 하시며 눈을 반짝이며 박선애 씨가 김진언 할머니께 전한 마지막 말이 기억에 남는다. "통일될 때까지 몸 건강하시라."

4·3의 현장에서 자신의 아기를 친구에게 부탁하고 의연히 총살당한 제주도 한림면 여맹위원장 오매춘 씨는 이기지 못할 싸움을 왜 하느냐는 말에 이렇게 답했다고 한다.

우리도 이 싸움이 승리하리라고 생각하지 않습니다. 그러나 10년, 아니 100년 후에라도 그 시대 분단을 막기 위해 애쓰다가 죽어간 사람들이 있다는 걸을 알리려고 싸웁니다. 이것 외에 우리가 후대에 물려줄 것이 뭐 있겠습니까.

오매춘

역사의 진보를 위한 대중의 움직임은 늘 다양하고 다채로웠다. 제주도는 항쟁의 역사가 오래된 곳으로, 30년마다 되풀이되는 민란 속에서 여성의 역할이 있었다. 대표적으로 1931년 해녀 항쟁은 국내 독립운동의 암흑기였던 시기에 유일하게 승리했던 항일운동이었다. 이런 역사적 경험은 제주 여성들이 사회주의 여성운동에 앞장서는 자연스러운 계기가 되었다.

해방 정국의 혼란한 시기에 제주 사람들은 분명한 의식은 없었더라도 과거의 왕조 체제가 아닌 사회주의 공화정 형태를 생각하며 인민위원회 깃발 아래 모였고, 그 흐름은 통일운동으로 이어졌다. 제주 여성운동도 그런 흐름 속에 통합되었다.

미군정기 여성운동가들의 역할은 할머니의 증언처럼

당의 보조적 역할에 머물러 그 역량을 온전히 발휘하지 못했다. 하지만 당대 여성운동이 남성 주도적인 당의 지도를 받았다고 해서 그 역할을 과소평가할 필요는 없다고 생각한다. 중요한 것은 '여성 대중이 자신의 해방을 위해 직접 참여할 수 있는 가능성을 얼마나 열어주었는가'이다. 할머니의 증언과 통일운동가 박선애 씨의 증언으로 제주 4·3이 좌절된 최초의 통일운동이자 봉건적 억압으로부터의 해방을 향한 여성운동이었음을 이해하게 되었다. 해방 후 한국 여성운동사에서 사회주의 여성운동사는 몇 편의 논문으로만 남아 있다. 그나마 여성 대중과 함께 가열차게 전개되었던 제주 사회주의 여성운동사는 공백으로 남아 있다. 이 글이 그 공백을 메울 수 있는 기록의 단서가 되기를 바란다.

참고 자료

인터뷰 및 증언

* 날짜는 증언 채록일, 지역은 해방 후에 활동한 장소이다.

김진언, 1911년 출생, 1987.8~1992, 제주도 조천면 북촌리.

이석림, 1924년 출생, 1989~1992, 제주도 조천면 북촌리.

박선애, 1927년 출생, 1990.1.16, 1990.10.10, 전라북도 임실군.

박순애, 1930년 출생, 1990.1.16, 1990.10.10, 전라북도 임실군.

윤희보, 1917년 출생, 1990.1.16, 경기도 판교.

김순자, 1931년 출생, 1990.1.17, 경상남도 하동군.

김옥매, 1935년 출생, 1989.7.23, 제주도 조천면 함덕리.

고정심, 1934년 출생, 1989~1990, 제주도 조천면 북촌리.

한월계, 1900년 출생, 1990.6.26, 제주도 조천면 북촌리.

백옥남, 1926년 출생, 1990.8.2, 제주도 조천면 조천리.

윤상목, 1911년 출생, 1990.11.20, 제주도 조천면 북촌리.

장성년, 1913년 출생, 1990.7.11~1991.1.10, 제주도 한림면 한림리.

윤기남, 1925년 출생, 1991.7.10, 광주시.

양농옥, 1931년 출생, 2018.3.10~4.7, 제주시 정실마을.

김순자, 1934년 출생, 2020.5~9, 제주시 이호동.
김춘경, 1937년 출생, 2020.10.20, 제주시 이호동.

저서

최태환·박혜강, 《젊은 혁명가의 초상》, 공동체, 1989.
한국정신대문제대책협의회 2000년 일본군 성노예 전범 여성국제법정 한국위원회 증언팀, 《기억으로 다시 쓰는 역사》, 풀빛, 2001.
심지연, 《역사는 남북을 묻지 않는다》, 소나무, 2001.
박태균, 《한국전쟁》, 책과함께, 2005.
이재경 외, 《여성주의 역사 쓰기》, 아르케, 2012.
윤택림, 《구술로 쓰는 역사》, 아르케, 2016.
염미경, 《구술사로 이해하는 제주사회》, 제주특별자치도 제주학연구센터, 2018.
김성례, 《한국 무교의 문화인류학》, 소나무, 2018.
윤택림, 《역사와 기록 연구를 위한 구술사 연구방법론》, 아르케, 2019.
권헌익, 《전쟁과 가족》, 정소영 옮김, 창비, 2020.

논문

이승희, 「한국여성운동사 연구: 미군정기 여성운동을 중심으로」, 이화여대 박사논문, 1991.

최기자, 「여성주의 역사쓰기를 위한 여성 '빨치산' 구술생애사 연구」, 한양대 석사논문, 2001.

조항례, 「'내생애 최고였던 빨치산 시절' 변숙현의 생애구술사」, 성공회대 석사논문, 2015.

김은실, 「4·3 홀어멍의 "말하기"와 몸의 정치」, 『한국문화인류학』 제49권 3호, 2016.

제9회 제주4·3평화문학상 논픽션 수상작

선창은 언제나 나의 몫이었다

1판 1쇄 발행 2022년 4월 1일
1판 3쇄 발행 2022년 12월 16일

지은이 · 양경인
펴낸이 · 주연선

(주)은행나무
04035 서울특별시 마포구 양화로11길 54
전화 · 02)3143-0651~3 | 팩스 · 02)3143-0654
신고번호 · 제 1997—000168호(1997. 12. 12)
www.ehbook.co.kr
ehbook@ehbook.co.kr

ISBN 979-11-6737-125-6 (03810)